KB158015

어머니…, 그 후

어머니…, 그 후

•

인쇄일 · 2021. 7. 10.
발행일 · 2021. 7. 15.

지은이 | 김남순
펴낸이 | 이형식
펴낸곳 | 도서출판 문학관
등록일자 | 1988. 1. 11
등록번호 | 제10-184호
주소 | 04089 서울시 마포구 독막로 28길 34
전화 | (02)718-6810, (02)717-0840
팩스 | (02)706-2225
E-mail | mhkbook@hanmail.net

값 · 15,000원

ISBN 978-89-7077-630-9 03810

어머니…, 그 후

김남순 에세이

문학관books

| 책을 내면서 |

첫 수필집 『어머니, 어머니 나의 어머니』를 여름이 끝나가는 팔월 말에 출간했다.

가을, 겨울, 봄, 여름을 두 번씩이나 지나더니 또 다시 가을을 지나 지금은 깊은 겨울이다.

아무런 바람風도 없는 무심한 일상이 진공상태 같이 느껴지는 순간이 있다. 그럴 때는 '지금 어디서 무얼 하고 있는 거지?' 스스로에게 던지는 화두가 세월을 뚫고 자신에 대한 채찍이 된다.

책을 좋아하던 소녀가 사춘기로 성장하며 글을 쓰고 싶었는데.

왜 나는 자신에 대한 반전을 꿈꾸었을까.

과학이란 심리학을 공부하여 그것으로 생활인이 되어 인생을 꾸려 왔다. 인생은 당연히 1막 뿐인데 우둔하게도 2막이 있다고 생각한 게 아닐까.

많은 불면의 밤을 견디게 해 주는 나의 구심점은 현재 글을 쓸 수 있다는 것이다.

처음 교수가 되었을 때 학문이 힘들고 진저리나는 작업이라고 생각한 적이 많았다. 강의 준비나 연구실적에 바쁜 일상은 몇 평 되지 않는 연구실에서 쳇바퀴 도는, 아무리 노력해도 번아웃burn out 되는 느낌을 가진 적도 있다. 많은 세월을 지나오면서 학문이 즐거울 수 있다는 것을 터득했을 때 나는 은퇴의 시점에 서 있었다.

소심하고 내성적인 나는 내빈, 동료, 제자들이 많이 모인 퇴임식장에서, '재직하는 동안 최선을 다해 열심히 했노라!'는 말을 태연히 하는 자신을 발견했다. 그것이 나의 팩트였으니까.

과거는 과거일 뿐이다.

치매환자는 과거의 일에 집착하여 현실에 대한 통찰을 못하기 때문에 우리는 그이를 가엾어 한다. 우리가 가장 두려워하는 노병이 치매 아닌가.

과거 없는 현재도 없고 미래와 연결되지 않는 현재는 빛을 잃는다.

돌아가시고 6주기가 지났지만 나는 여전히 어머니와 같이 살고 있다. 수십 년의 세월을 같이 살아 온 어머니는 아침, 저녁으로 나의 곁에서 여러 가지 이야기를 계속 해 주신다.

"엄마, 두 번째 수필집 『어머니…, 그 후』 완성했어요!"

"그래, 수고했구나!"

2021년 1월, 춥고 눈 오는 겨울

강남에서 김남순

| Prologue |

그리움

죽을 때까지 품고 살 그리움
영육이 온전한 순간, 끝까지 같이 갈 그리움

가장 그리운 거, 지고지순한 모정의 결정체 엄마
엄마 별세 후 남은 가족
그이는 지척에 있어도 항상 그립다

좋아하는 사람
한 번이라도 호감을 준 지인
수수한 미소를 주는 가까이 멀리 있는 이웃
모두 그리움의 대상이다

산책길에 만나는 상큼한 공기, 깨끗한 하늘,
흘러가는 구름, 풋풋한 흙, 나무, 꽃
어디 하나 그립지 않은 삼라만상 있으리오
꽃이 피고 낙엽이 지면, 피고 지는 대로

비가 오고 눈이 오면, 오는 대로
그립지 않은 것 있을까

허한 마음은 그리움으로 채워져 시도 때도 없이 출렁거려
커다란 파도가 되어 밀려오기도 하고
달빛에 반짝이는 고요하고 잔잔한 은파도 된다

나는 그리움으로 맺어진 투명한 물방울
죽는 순간까지 품고 갈 그리움

"너 같다.
세상 사람들이 몰라주는 저만치 홀로 핀 귀한 꽃이여!"

– 글: 윤인경(시인/좋은시공연문학회장), 사진: 김남순

| Contents |

2 어머니께서 가르쳐 주신 동요

3 어머니 5주기

4 아름다운 신호

5 어머니 일기장

1

시베리아 횡단열차를 타고

'세상에서 나보다 나를 더 사랑한 분이 나의 어머니이시다'

시베리아 횡단열차를 타고

'시베리아 횡단열차를 타보지 않고는 인생을 논하지 말라'는 말이 있다.

나의 젊은 날은 러시아 대문호들의 책을 섭렵하느라 밤을 꼴딱 지새우는 적이 많았다.

도스토옙스키의 『죄와 벌』에서, 주인공 라스콜리니코프의 고뇌하는 청춘상은 종종 내 젊음과 오버랩되곤 했다. 귀향한 겨울방학 중에 읽은 『카라마조프가의 형제들』은 마지막 책장을 덮을 때의 감동이 아직도 생생하다. 작가의 천재성은 인간에 대한 연민과 사랑을 통해 희망을 찾으려 '존재한다면 무조건 사랑하라!'고 외친다. 파스테르나크의

『닥터 지바고』는 내 청춘의 뒤안길을 아름다운 수채화로 바꾸어 주었다.

문학 작품 속의 인물이나 풍광은 개인의 상상력 속에서 자유롭게 유영하여 채색되니까. 팩트는 척박한 동토의 불모지인 시베리아도 얼마든지 꿈을 키울 수 있기에.

러시아 여행에 대한 동경과 시베리아 횡단열차 탑승은 내 버킷리스트 중 하나였다.

20여 년 전 해외여행이 지금처럼 대중화되지 않던 세월.

엄마와 같이 북유럽을 거쳐 모스크바와 상트페테르부르크를 여행할 수 있었던 것은 행운이다. 그러나 패키지 여행 일정으론 시베리아 횡단열차는 탈 수가 없었다.

구월 중순 어느 날.

인천에서 2시간의 가벼운 비행으로, 한국보다 1시간이 빠른 블라디보스토크 공항에 도착한 것은 화사한 오후였다. 공기 오염 같은 단어가 필요 없는 우리나라 1970년대로 돌아간 것 같은 착각이 든다. 입국절차도 수월하다. 수십 년 전 모스크바 쉐레메티예보 공항의 무겁고 장시간에 걸친 입국수속과 비교가 된다.

초등학교 시절, 얼지 않는 부동의 윤택한 항구로 배운 블라디보스토크는 상큼한 공기만 마셔도 여행자를 만족시키기에 충분하다.

현지 가이드를 만나 시내로 이동하여, 러시아와 중앙아시아 현지요리 샤슬릭 특식이 나오는 식당으로 저녁을 먹으러 간다. 전통 꼬치 바베큐 구이다. 숙소인 호텔은 시내에서 조금 떨어진 곳으로 출발의 긴장과 피로에 쉽게 잠이 오지 않는다.

다음 날은 러시아 5대 도시 중 하나라는 블라디보스토크 시내 관광이다.

시의 중심인 혁명전사 중앙광장, 니콜라이 2세 기념 개선문, 러시아 정교회 사원, 2차 세계대전 영웅 잠수함 C-56 박물관, 365일 비가 오나, 눈이 오나 꺼지지 않는 영원의 불꽃, 블라디보스토크를 보호하던 난공불락의 요새를 구경한다.

젊은이들로 가득 찬 아르바트 거리는 오래 전 모스크바에서 거닐었던 아르바트 거리를 추억하게 한다.

바다와 인접한 해양공원, 도시를 한눈에 볼 수 있는 독수리 전망대, 2012년 APEC 회담을 기념하여 만든 금각만 대교로 한나절을 빼곡히 채운다.

석식은 한식인 중식과는 다르게 현지식이다.

시베리아 횡단철도의 시발역이자 종착역인 블라디보스

토크 기차역에 도착한 것은 초저녁이다. 이 역은 러시아 혁명 전에 지어진 건축물 중 아름답기로 유명하다.

시베리아 횡단열차는 지구상에서 가장 길고, 가장 특이하고, 가장 서사적인 철도 코스다.

시베리아 횡단열차가 끝나는 구간을 표시하는 9,288km의 기념비와 우리가 타고 갈 기차 옆에서 각각 들뜬 인증샷을 남긴다. 잠시, 톨스토이 소설 속 『안나 카레리나』가 이 기차를 타고 시베리아를 횡단하여, 그녀의 연인 브론스키를 만나러 모스크바로 가는 환상에 젖는다.

기차 내부는 2층 침대가 좁은 공간을 두고 마주한 4인실로, 밖으로는 유리창으로 이어지는 복도가 있다. 저녁 7시 20분에 출발하여 다음 날 아침 8시 30분에 하바롭스크 역에 도착한다.

현지 가이드가 기차출발 시간을 잘못 가르쳐 주어 자칫 기차를 놓칠 뻔한 아찔한 사건도 있다.

여행은 힐링이다.

낯선 외국을 여행하며 새로운 것을 보고, 느끼고 알게 되는 것만큼 즐거운 일이 세상에 또 있을까.

기대에 못 미치는 기차의 부대시설도 침대칸의 작은 창문으로 밤새 따라오는 달님 때문에 참아주기로 한다. 황량

한 들판이 끝없이 나타나는가 하면 삭막한 간이역이 몇 개 고 지나간다. 긴긴 밤이 다 지나가도록 우리의 대화는 한 없이 이어진다.

시베리아 횡단열차의 하이라이트는 이르쿠츠크Irkutsk의 바이칼Baikal 호수다.

가장 깊고, 가장 차갑고 가장 푸른 시베리아의 진주로 불리는 호수로 2,500여 종의 동식물이 산다. 이 중 상당수가 이 호수에만 사는 고유종이다. 그 중에서도 가장 나의 관심을 끄는 것은 반투명 물고기 골로미얀카다.*

엄마, 다시 한 번 시베리아 횡단열차를 타고, 골로미얀카를 볼 수 있는 기회가 오기를 소망해 봅니다.

* 네이버 지식백과

블라디보스토크역의 시베리아 횡단열차

시베리아 횡단열차 기념비

영원의 불꽃

하바롭스크, 아무르강

하바롭스크khabarovsk는 러시아 극동지방 최대의 도시이다.

아무르강 유역 경사진 대지에 자리 잡고 있으며, 17세기 러시아 탐험가 에브로페이 하바로프의 이름을 따서 명명되었다. 19세기 말 군사전초기지로 세워진 이래 철도가 부설되면서 도시로 발전했다. 면적은 389km^2 이며 인구는 633,151명2020년 추계이다.*

블라디보스토크 기차역에서 늦은 저녁 시베리아 횡단열차에 탑승하여, 11시간이 넘는 밤 시간을 달려 다음 날 아침 하바롭스크 역에 도착한다. 기차에서 제공하는 조식은 호텔보다는 못하지만 밤을 새운 허기 탓에 맛있게 먹었다.

쾌적한 공기와 활기찬 하바롭스크 아침이 우리를 맞는다.

제일 먼저 간 곳은 하바롭스크 지역의 역사를 담은 향토 박물관이다.

1894년에 세워졌으며 개관 후 약 100년 후인 1995년에 다시 꾸며져 개장했다. 자연, 민속, 고고학, 역사 등과 관계된 전시물 14만 4,000종이 전시되어 있다. 그리고 극동과 연해주의 역사, 풍속, 자연, 고대 원주민의 생활양식에 관한 자료가 있다. 세계에서 가장 크다는 아무르 호랑이 박제도 볼 수 있다.

그 도시를 이해하려면 제일 먼저 박물관에 가라고 하시던 대학 은사님 말씀이 생각난다.

다음은 아무르 강변 공원이다.

극동지역 최대인 아무르강은 세계에서 8번째로 큰 강이다. 서울의 한강 공원같이 하바롭스크를 따라 길게 흐르는 강을 따라 만들어진 공원이 아무르 강변 공원이다. 특정한 지점을 지칭한다기보다 길게 도시를 관통하여 흐르는 아무르강 근처의 공원을 통칭하는 것으로, 시민들의 산책코스로 사랑받는 곳이다.

하바롭스크 시민들은 남녀를 불문하고 선남선녀인 것이,

특히 젊은 여자들은 모두 탤런트 같은 외모에다 의상도 아름답다. 우리는 공원에 있는 그이들을 감상하느라 한참이나 넋이 빠진다.

하바롭스크 기차역 광장에는 위대한 탐험가 하바로프의 동상이 있다.

아무르강 유역을 몇 번씩이나 탐험했다는 미지의 개척자 하바로프는 왼손은 두루마리 문서를 쥐고, 오른손은 어깨에서 흘러내린 겨울 외투 옷자락을 꼭 쥐고 있다.

동시베리아 전설적 인물 니콜라이 무라비요프 아무르스키 동상도 꼭 봐야 한다.

아무르스키는 동시베리아 지역인 극동지역 총독으로, 38세의 젊은 나이에 니콜라이 1세의 눈에 띄어 기용된다. 많은 업적을 남겨 백작이 되었다. 시베리아 횡단열차 건설을 처음 제안한 아무르스키 동상은 아무르 강변 공원 전망대 앞에서 아무르강을 내려다보고 있다.

레닌 광장은 하바롭스크시 중심에 있는데, 광장 이름을 러시아 상징적 인물인 레닌에서 따왔다. 광장 안에는 청동으로 주조된 레닌 동상이 있으며, 광장 가운데 분수는 밤마다 조명을 비추어 아름다움을 뽐낸다.

수십 년 전 모스크바에 갔을 때 크렘린 궁전에 안치되어 있던 레닌 얼굴이 새삼 떠오른다.

콤소몰 광장에 위치한 성모승천대성당은 1917년 소비에트정부가 종교를 인정하지 않아 파괴되었다가, 2001년 원래 자리에 복구되었다. 러시아의 성모는 한국의 성모와 조금 다른 모습이다.

승전의 기쁨으로 지어진 명예광장은 하바롭스크에서 가장 높은 곳에 있는데, 세계 2차 대전의 승리를 기념하기 위해 1985년에 완공되었다.

이 광장에는 전쟁기념비와 영원의 불꽃이 있다. 기념비의 대리석 벽면에는 전쟁에 참전하여 전사하거나 실종된 극동군들의 이름이 촘촘히 새겨져 있다. 그리고 추모조형물 앞에는 꺼지지 않는 영원의 불꽃도 타오르고 있다. 비록 이국의 청년들이지만 마음이 애잔해진다.

어릴 적 교과서에 등장하던 흑룡강이 바로 아무르강이라니. 그제야 이들의 문화가, 역사가 좀은 가깝게 느껴진다.

엄마께 하바롭스크 한인 동포의 발자취에 대해 여쭈어 보고 싶다.

* Daum 백과, 하바롭스크

아무르강을 배경으로

어머니 4주기

계절은 엄마가 가시던 무렵에 잠깐 멈춰 섰다.

마른 낙엽이 인도 위에, 키 낮춘 가로수 위에 수북이 쌓여 바람에 휘날리고 있다.

아침 잠 속에서 엄마를 찾다가 눈을 뜬다.

'엄마 가시고 4년째가 되니까 좀은 견딜만하네.' 이런 얘기를 주변 사람들에게 하며 선인들이 3년 상례를 하던 연유를 느껴본다. 그러면서도 거실에 걸린 엄마 사진을 쓰다듬으며 세월이 얼마나 지나면 엄마 생각이 옅어질까 헤아려본다.

엄마 4주기.

퇴근 후 빠지지 않고 들르는 여동생과 우리 집에서 이루어지는 대화다.

"넌 이제 엄마 생각 많이 안 하지?"

"아니! 오늘도 직장에서 문득 엄마가 마지막 가시던 날, 산소호흡기의 사인이 파도를 그리다가 직선을 그으면서 주치의가 사망을 선고하던 순간을 생각했어."

대화를 하는 여동생의 눈이 금방 슬픔으로 젖는다.

떨어지던 산소호흡기 사인이 '엄마, 막내아들이 지금 병원 가까이 오고 있어요, 조금만 더 기다리세요!' 하니까, 다시 올라가던 기적 같은 팩트를 어떻게 잊을 수가 있겠는가.

일 년 중 엄마 기일에는 우리 가족 모두가 고향 장남 집에 함께 모여 제사를 지내고 엄마 산소에 들른다. 4주기라고 달라진 건 없다.

다만 엄마가 살아계실 때는 없었던 증손주가 2명이나 생겨서 산소 주변의 꽃이 된다. 조카들이 엄마 산소 밑단에 누울 자기 부모세대를 가늠하기도 한다. '고모는 아무래도 풍담할머니랑 합장해 드려야 해. 아니, 할아버지랑 할머니 사이 공간에 들어가면 되겠다'고도 하면서.

지인이 고향 선산에 자기 누울 자리는 마련해 놓았다고 안심 어린 위안을 하더니만. 나의 뇌리 속의 생각은 싱글인 나야 화장하여 산천초목에 뿌려서, 남은 혈족에 누가 되지 않게 해야겠다는 것이다. 요즘은 아무 곳에 뿌리는 것도 범법행위라지. 친구 부모님 중에는 49제 후 화장한 뼛가루를 절의 소각장에 버렸다고 한다.

얼마 전 TV에서 죽음이 생에 말한다는 다큐프로를 본 적이 있다.

세계적인 학자가 100세를 넘기고, 안락사가 허용된 스위스로 죽음여행을 하여 스스로 눈을 감는 장면이 방영되었다. 그의 젊은 조카가 슬픔에 젖어 고인을 추모하는 모습을 보면서 아무리 연로하셔도 가족의 죽음이란 슬픈 일이며, 그것도 스스로 단명을 하셨으니 그런가 생각해 본다.

내 엄마의 경우도 80대 후반에 돌아가셨으니 주변에선 호상이라 한다. 100세를 넘기고도 건강한 노인들을 보면 부러운 나의 마음과는 아랑곳없이.

지인들이 나처럼 살아생전 엄마의 사랑을 원도한도 없이 받아 본 사람은 없다고 부러워한다. 엄마 별세 후, 혼자 사는 시니어 언니 보호자 역할에 솔선수범인 여동생도 그 점에는 동감한다.

그랬던가.

이도저도 모르고 이 순간까지 살아온 자신이 딱하다.

엄마께서 '이 바보야!' 하고 빙그레 웃으시는 모습이 보인다.

엄마! 보이지 않는 심연深淵같은 사랑으로 이 세상 누구보다도 행복한 사람으로 살게 해 주신 거, 4주기에 새삼 감사드려요.

어머니 4주기 무렵 우리 동네

수필반 송년회

글 선배님과 아침인사.

“김 선생만 보면 어머니 생각이 나요. 내 어머니에 대한 죄책감 때문에.”

다른 문우도 거든다.

“그런 효녀가 없다니까.”

“항상 말씀 드리듯, 제가 효녀가 아니라 우리 어머니가 특별한 분이셨지요.”

수필반 송년회 열리는 날.
문우들과 예사로운 대화 속에 남모르게 눈시울 적시고.

나는 또 엄마에 대한 그리움에 젖는다.

테헤란로에서

이틀만 지나면 새해다.

엄마 별세 후 처음으로 맞은 이른 봄 오후, 이곳에서 사모思母의 정情을 적었는데.

가신지 4년도 더 지나 겨울한파가 절정인 일요일 한낮. 또 한 번 도심의 에뜨랑제etranger가 된다.

집에서 가까워 건너편 백화점에 쇼핑하러 들르며, 언뜻언뜻 보노라니 낯익은 카페테리아가 없어져 허전했는데, 다시 그 자리에 언젠가부터 커피체인점이 들어선 거다.

아, 다행이다.

사라지는 것과 사라지지 않는 것에 대해 새삼 생각해 본다.

곧 내 인생에서, 우리의 일상에서 사라져버릴 한 해.

인터넷에선 송구영신 메시지가 부산한데. 친구의 신년사 중에, 새해에는 뜻하지 않은 좋은 일이 많이 생겨 행복하라고 빌어주겠단다.

포천fortune을 믿고 인생이 끝없이 푸르게 보이던 시절도 있었지만. 저녁노을의 아름다움을 음미하는 100세도 지난 노老화가가 TV 인터뷰에서, 100세 이하는 전부 청년이라기에 고소를 머금는다.

사라지는 한 해가 내 인생에 만들어 준 네잎 클로버 같은 좋은 일이 없었던 것은 아니다. 나의 첫 번째 버킷리스트 『어머니, 어머니 나의 어머니』 수필집 출판이 그것이다. 은퇴 후 4년간 내 각고의 결실이다.

능력 있는 친구의 생떼 같은 성화에 코가 꿰어 열려진 첫 출판기념회는 화려했다. 대학에서 40년 가까운 세월을 보내면서, 교직과목이나 전공학생을 위한 교재 출판만 해도 작은 책꽂이를 채우지만. 출판기념회는 꿈에도 생각해본 적 없는 행운이다.

나이 탓인지 요즘은 운명에 대해 수긍을 한다.

급우들이 다 퇴교한 빈 교실에 혼자 남아, 벽에 붙은 '비

켜라 운명아, 내가 간다!'는 표어를 가슴에 품던 단발머리 사춘기 소녀는 이제 아니다. 100세를 겨냥한다면 살아갈 날이 아직도 많이 남았지만 체감되지 않는 현실일 뿐이다. 분명한 것은 하루하루 일상을 큰 변고 없이 꾸려가기를 자신에게 기대한다.

엄마 별세 날짜를 헤아리며 사는 나를 딱하다 못해 지겨워하는 친구도 있지만. 무심한 지인들이 뭐라 해도 내 심장 가장 깊은 곳에 녹아있는 사모의 정을 뺏을 순 없다.

한 해가 사라져가는 서울의 강남 도심.

겨울 별이 스러지는 테헤란로에서 엄마 딸이 연서를 띄웁니다.

새해 들면 지난여름 은퇴한 막내아들까지 합세하여 현직에 있는 둘째딸만 빼고, 우리 세 자녀 고향 엄마 산소로 성묘 가요.

엄마, 조금만 기다리세요.

오늘은 여기서 안녕이에요~~

테헤란로 커피하우스

새 벽

눈 감으면 항상 생전의 엄마와 함께

눈 뜨면 현실이

우리 집 거실 새벽 창밖 모습

동유럽·발칸 여행

엄마는 해외여행을 좋아하셨다.

당신의 출생과 성장지가 한국이 아니었기에 평생 이국을 그리며 사신 탓일까. 환갑 되던 해 자녀들이 보내드린 20여 일간의 서유럽일주 여행을 하시면서 행복해 하셨다.

그것을 시작으로 나의 해외파견 교수에 동반자가 되어 1년을 미국에서 생활하셨다. 미국생활도 체류 중인 다른 유학생 부모님들과 비교하여 적응도 빠르고 쉽게 하셨다. 귀국 무렵에는 오직 엄마를 위한 효도여행 목적으로 미국 대륙은 물론 캐나다까지 두루 여행을 했다. 지금 생각해도 두 번 다시 가질 수 없는 소중한 기회다.

엄마가 60대 초반이 되셨을 때, 비로소 그토록 그리워하시던 당신의 출생과 성장지인 일본 교토를 방문할 기회가 왔다. 엄마는 놀랍게도 거의 반세기 세월을 거슬러 당신이 살던 동네를 어렵지 않게 찾아가셨다. 오랜 세월 편지로나마 친교를 나누고 계셨던 지인이나 학창시절 은사까지 만나신 사연은 기념비적이다.

그때 처음 본 인간관계 모습은 서로가 상대방을 고마워하며 오랜 세월을 살아오신 거다. 은사님 역시 '공부 잘하던 한국인 여학생'이라며 귀한 졸업생 앨범을 꺼내 보여주시며 엄마를 기억하는 것이 아닌가!

그 뒤로도 학교생활의 스트레스를 힐링 하려는 나의 욕구는 시간이 되면 엄마와 함께 해외여행을 다녀오곤 한다.

호주와 뉴질랜드 여행, 러시아와 북유럽일주도 그렇게 이루어진다. 가족들과 동남아 일주여행은 물론 엄마 친구들과 가까운 대만도 갔다 오신다. 해외여행에 이력이 나신 엄마는 친구들에게 이제는 동유럽 갈 차례라며 은근히 자랑스럽게 말씀하셨다.

그때는 해외여행을 대행하는 여행사가 많지 않았고 동유럽은 흔한 상품이 아니었다. 더구나 지방 국립대 교수로서 방학 중이라도 일단은 학교에 국외출장 허가를 받아야 출국을 할 수가 있었다. 게다가 방학이 아니면 논문 한 편 제대로 쓸 여유가 없었으니. 자신의 능력 없음을 지금 한탄하면 무슨 소용이 있을까.

요즘 젊은이들이 쓰는 용어에 '영끌'이란 말이 있다. '영혼까지 끌어 모아서'라도 엄마를 모시고 진즉에 동유럽여행에 나서야 했는데. 러시아 대문호 톨스토이는 인생에서 가장 좋지 않은 것이 후회라 한다. 후회를 해서 돌이킬 수 있다면 후회가 아니겠지.

이제는 영원히 같이 갈 수 없는 엄마 대신, 여동생을 데리고 동유럽여행을 나서면서 얼마나 가슴이 아팠는지 모른다.

동유럽은 서유럽이나 남유럽이 가지지 않은 독자적인 역사와 아름다운 풍광을 가지고 있다. 패키지 여행에서, 인증사진을 찍고 겨우 성당순례나 했으면서 무슨 할 말이 있냐고 반문도 한다. 그러나 십수 시간씩 좁은 이코노미석 비행기를 타고 불면과 피로에 찌들면서도, 지구촌 여기저기를 기웃거리는 매력을 어떻게 모른 척 할 수 있을까.

그들만이 갖는 미소, 공기와 태양, 역사, 문화 그리고 먹거리 같은 평범한 일상이 얼마나 신선하고 신기한가. 비록 하루에 한 나라의 국경을 건너다닌다고 슬퍼할 필요는 없겠지.

첫날, 인천공항을 출발하여 독일의 관문 프랑크푸르트 공항에 도착했을 때다.

'여러분은 독일의 대문호 괴테의 도시 프랑크푸르트에 도착했습니다'라는 기내방송은 나를 감동시킨다. 세계 문학사에 불멸의 거인으로 자리매김한 괴테가 호흡한 도시에 내가 실제로 올 수 있다니. 그의 저서 『젊은 베르테르의 슬픔』을 읽던 여중생이 시니어가 되어 비로소 그의 도시에 온 것이다.

11시간 30분의 비행피로가 싹 사라지며 8시간을 더 살 수 있다는 설레임과 함께 이국의 체험에 대한 기대로 들뜬다. 독일 시간으로 오후 3시경 공항에서 버스를 타고 약 4시간 이동하여 아우구스부르크에 도착하여 호텔로 이동한다. 내 불면증은 피곤할수록 심해지지만, 비상약으로 처방받은 수면유도제에다 간호사인 여동생이 보호자가 된다. 엄마와 함께 해외여행 다니던 시절은 내가 엄마 보호자 였는데.

다음 날은 호텔에서 아침을 먹고 오스트리아, 잘츠캄머굿으로 이동한다. 알프스 산악지대로 빙하가 녹아 만들어낸 신비로운 옥빛 호수마을이다. 산과 호수가 어우러져 맑고 평화로워 보인다.

영화 '사운드 오브 뮤직'의 배경이 된 곳이기도 하다. 몇 번씩이나 되풀이해 보고, 볼 적마다 새롭게 감동되던 영화의 아름다운 풍광이 실제로 눈앞에 펼쳐진다. 며칠 전 주인공 크리스토퍼 플러머트랩대령역가 91세로 별세했다는 소식을 들으니 격세지감이 든다.

다음으로 천재 음악가 모차르트와 지휘자 카라얀의 고향 잘츠부르크로 이동한다. 왜 모차르트가 천재적 음악신동이 될 수 있는지, 카라얀이 세계적 지휘자가 될 수 있는지 그들의 고향에 닿아 보니 이해가 된다. 깨끗한 공기와 알프스 빙하가 녹아내린 아름다운 호수는 그들의 영혼에 영감을 주고도 남을 것 같다.

먼저 호엔잘츠부르크성을 가장 아름답게 조망할 수 있는 바로크 양식의 미라벨 궁전과 정원을 구경한다. 그리고 중세시대 문화가 그대로 이어져오고 있는 아름다운 간판거리 게트라이트를 걸어 본다. 얼마 안 가 모차르트가 태어나고 어린 시절을 보낸 생가가 나타난다. 노란 건물 3층에서 모차르트가 태어났고 17년간 살았다. 현재는 모차르트 기념관이 되어 있다.

구시가지엔 모차르트가 세례를 받았던 잘츠부르크 대성당이 있다. 이 성당에는 유럽에서 가장 큰 파이프 오르간이 있는데 모차르트가 이 오르간도 연주했다.

며칠간이고 더 머무르고 싶은 오스트리아, 잘츠캄머굿과 잘츠부르크를 떠날 수 밖에 없는….

엄마, 내일은 발칸반도 관광이에요.

잠깐만 기다리세요!

볼프강 호수

잘츠캄머굿 호수마을 1

잘츠캄머굿 호수마을 2

잘차흐강과 호헨잘츠부르크 성

모차르트 생가

동유럽·발칸 여행 Ⅱ

동유럽에서 발칸반도로.

참 다행이다. 국경을 통과하기 위한 까다롭고 위협적인 검문도 없이 발칸의 슬로베니아로 이동한다.

알프스의 빙하호, 블레드 호수와 성을 둘러본 뒤에 수도 류블랴나로 간다. 유럽인들이 사랑하는 시간이 멈춘 듯한 류블라냐에서는 성 니콜라스 성당, 성 프란치스코 교회, 시청사 등 시가지를 관광한다.

여행 후에, 성남시립교향악단이 유럽 내에서도 전통과 명성을 가진 류블랴나 페스티벌에 초청받아 참가한다는 기사를 보니, 금방 무공해 자연환경의 그곳이 그리워졌다.

다음 날은 크로아티아의 유네스코 세계문화유산인 플리

트비체 계단식 호수와 폭포를 관광한다. 소설에 심취하여 자유롭게 상상하다 영화를 보면 실망이듯, 플리트비체는 매스컴을 통한 노출 때문에 조금 심드렁하다. 기대가 너무 컸나보다.

헝가리 수도로 이동한다.

다뉴브의 진주인 부다페스트에서 동유럽·발칸 2대 야경인 황금빛 야경 감상을 한다.

현지 가이드 멘트는 부다페스트 다뉴브 야경에 감동받지 않는 사람은 똑바른 정신상태가 아니란다. 다뉴브강에서 유람선 탑승 후 세체니다리, 왕궁, 국회의사당 등 다뉴브 강변의 화려한 야경을 보며 사진 찍느라고 정신이 없다.

그곳을 다녀온 후 얼마 가지 않아 한국관광객 대형사고가 있었다. 물이 불어 난 다뉴브강의 야간관광에, 유람선이 전복되는 참사를 불러 와 아찔함과 더불어 애도를 금할 수가 없다. 한치 앞을 헤아릴 수 없는 우리 인생은 내가 그 배에 타지 말란 법도 없지 않은가.

다음 날은 헝가리 부다페스트 시내관광 후 다시 오스트리아로 이동한다.

호텔에서 조식 후, 헝가리 건국 1,000년을 기념하여 건설된 영웅 광장, 부다페스트 전경이 한눈에 보이는 어부의 요새, 역대 헝가리 국왕의 위관식을 거행한 마챠시 교회 등을 관광한다.

점심식사는 현지 전통식인 굴라쉬다.

오후에는 합스부르크 제국의 수도였던 유네스코 세계문화유산 비엔나로 이동한다.

유럽인이 가장 동경하는 음악과 예술의 도시, 2000년 역사를 자랑하는 오스트리아 수도 비엔나.

음악도라면 누구나 동경하고 한 번은 방문하고 싶은 도시 비엔나.

유럽 클래식 음악의 본고장에서 느끼는 클래식 음악 감상은 어떤 것일까. 인터미션까지 포함하여 2시간여, 음악회를 감상하고 단원들과 영광의 인증사진도 찍는다. 조카의 와이프인 피아니스트에게 자랑할 걸 생각하니 미리 기분이 좋다.

다음 날은 유네스코 세계문화유산으로 등재된, 합스부르크 왕가 여름궁전인 쉔브른궁전과 정원을 감상한다. 마리아 테레지아의 별궁으로 동유럽의 베르사이유라 불린다. 영원한 사랑의 이미지로 남아 가장 많이 복제된 작품 중 하나라는 클림트 걸작 '키스'가 전시되어 있는 벨베데레 궁전에서 원화를 보고 정원도 구경한다. 오스트리아 최대의 고딕사원인 슈테판 성당과 광장도 관광한다.

쇼핑거리가 가득한 보행자 전용의 케른터너 거리를 걸으며, 정작 비엔나에는 없다는 '비엔나 커피'도 사서 마신다.

다음은 중세와 르네상스 시대 모습을 그대로 간직한 리틀 프라하, 체스키크롬로프로 이동한다. 도시 전체가 유네스코 세계문화유산으로 지정된 체스키크롬로프 구 시가지를 거닐며, 체스키크롬로프성과 시청사, 스보르노스티광장, 망토다리를 관광한다. 중세에서 르네상스로 가는 문예부흥시대 사람이 된 것 같은 착각에 빠져보기도 하면서.

낭만과 예술이 공존하는 체코의 프라하에 도착했을 때는 이미 해가 지고 있다. 도시 전체가 살아있는 건축박물관인 프라하 야경도 뺄 수 없는 볼거리다.

그 다음 날은 호텔 조식 후 블타바 강의 유서 깊은 다리 카를교, 흐리트차니 광장, 프라하 성, 성 비투스 대성당, 그리고 '프라하의 봄' 무대였던 바츨라프 광장을 구경한다. 체코 출생인 스메타나가 작곡한 애국적 교향시 나의 조국 중에서, 내가 좋아하는 블타바 강의 멜로디를 흥얼거리면서.

점심은 현지 전통식인 보헤미안 립스다. 보헤미안 스타일의 갈색 소스가 곁들여진 짭짤한 맛의 체코식 등갈비 요리다.

오후에는 프라하 명물 엔틱 클래식카를 타고 프라하 구시가지를 관광한다. 자동차 속에 흐르는 한국 가요를 듣노라니, 문득 수십 년 전 러시아 여행에서 한국애국가를 연주해 주던 러시아인들이 생각난다. 고국에 대한 프라이드와 애국심이 솟구치는 순간이다.

프라하 화약탑 전망대에 올라 구시가지 전경을 감상하는 시간도 가진다. 잠깐의 자유 시간에는 번화가의 쇼윈도에 전시된 스카프도 샀는데, 귀국 후엔 추억의 애장품이 되었다.

드디어 마지막 날.

로맨틱가도의 하이라이트, 중세의 보석이라 불리는 동화 속 마을 로텐부르크로 이동한다.

마지막으로 가족들에게 줄 선물을 산다. 유학생이던 조카가 오래 전 이 마을에서 사 온 유리공예품 사슴 한 쌍은 아직도 우리 집 거실에 놓인 귀중품이다.

엄마 선물은 살 필요가 없다.

여행 일정동안 내내 함께 다녔기에….

* '여행박사 · 여행안내' 브로슈어brochure 참고

성 비투스 대성당

클림트 '키스'

다뉴브 강변의 부다페스트 야경

체스키크롬로프

블타바강 위의 카를교

비엔나 음악회 감상 후 단원들과

어머니, 여기가 어딘지 아시겠어요?

블레드 호수

엄마, 여기가 어딘지 아시겠어요?

동유럽·발칸여행 중에 만난 슬로베니아 북서부 휴양지 블레드 호수예요.

여행 중에 아름다운 곳을 많이 다녔지만, 유독 이곳이

오래 맘에 꽂히네요.

알프스 빙하로 만들어진 호수인데, 산으로 둘러싸여 있고 호수 한가운데 블레드 섬이 있답니다.

뛰어난 풍광 때문에 알프스의 눈동자라고도 하고 발칸의 작은 스위스라고도 해요.

블레드 호수를 오고가는 전통 나룻배인 플라트나Pletna 보트를 타고 섬에 오르면, 성모 마리아 승천 교회가 있거든요. 투어 프렌즈tour friends인 우리 일행 중에는 교회에 들어가, 속세에서 못한 회한의 기도에 눈물을 흘리기도 했어요.

오래 전 건강하고 젊은 엄마와 같이 다니던 목가적 북유럽 풍광과 비교해 보셔요. 서사적인 아름다운 동화를 얘기해 주는 블레드 호수.

엄마는 곁에 안 계시지만, 두 딸이 동유럽을 거쳐 발칸의 슬로베니아까지 왔어요.

보세요, 엄마.

딸이 카메라에 담은 이 아름다운 풍광을!

성모 마리아 승천교회

어머니 사진

핸드폰 사진 갤러리 속에서
우연히 발견한 엄마
얼마나 기뻤는지

나도 잊고 있던 생전 모습

십 여년 간병세월 중
고향 강변을 힐체어로 산책시켜 드리며
찍어드린 사진이다

이때만 해도 괜찮으셨는데

엄마, 하고 불러도 대답을 안 하시던 세월이 오리라곤 예기치 못했다

생전 모습 많이많이 찍어드려야 했는데
매일이 역부족이던 간병세월의 애환이라니

이제 다시는, 엄마 사진을 찍을 수 없다

간병 중, 고향 강변서 찍어드린 엄마 사진

봄

Ⅰ

무심히 개나리는 다시 피고
꽃샘추위에 바람은 차다
이승의 딸이 엄마가 그리워
행인 없는 주말 한낮
길가다 말고
빈 버스정류장에 앉아
몇 자 적어 본다

Ⅱ

자꾸 자꾸

엄마가 보고 싶다
환한 봄날 아침
수필반 수업 준비 중에

Ⅲ

엄마 산소 가려고 잠 깨는 이 새벽
바깥은
지난겨울을 이겨내고 피어나는
온갖 종류의 봄꽃으로 천지가 눈부신데
아, 내 영혼의 엄마갈증은
내가 생존하는 한 절대로 채워지지 않을 것을

Ⅳ

살아있다는 건 좋은 일이야
걸을 수 있어
비 오는 사월의 일요일
빗속 꽃들의 속삭임 듣고 싶어
외출도 할 수 있고
거실에 걸린
미소 띤

엄마 얼굴도 뵐 수 있으니
내 무엇을 더 바랄 것인가

우리 동네 봄 풍경

부활절

부활절 새벽
향기로운 보라색 라일락 꽃이
엄마 소식 물어오는데

부활의 환희가 무엇인지
내 무지한 속내를 드러내어
진솔하게 여쭤 볼 수 있는 한 분, 내 엄마

이 그리움 구중에 닿아
엄마가 다시 내 곁에 오실 수는 없을까

한티근린공원 라일락

나에게

봄꽃이 피어난다고 사방천지가 웅성대더니만.

어느새 바람결에 꽃잎이 소리도 없이 눈물 한 방울 보이지 않고 한 잎, 두 잎 길 위에 떨어진다.

사월이 이제 금방 피어난 연보라빛 라일락과 함께 벌써 떠날 준비를 한다.

77세의 이태리 시니어가 800킬로의 산티아고 순례길을 걸으며 인생은 아름다운 선물이라고 한다.

그런데 왜 이 화사한 봄날 아침 눈뜨기가 싫은지.

엄마가 옆에 계신다면 필히,

"애야, 그게 우울증이란 거야.
그러다가도 또 괜찮아진단다.
아무 걱정하지 말아라."
하시며 환한 미소로 날 격려하실 거야.
"엄마, 이게 우울증이란 거예요?
가족은 무엇이며, 지인은 또 무엇이에요?"
나의 심리학적 내공을 들추며 열심히 우울증의 실체를 들여다본다.

곁에 있는 봄이 화사하기에 마음은 더 어둡다.
사월이 떠나면 더 화사한 오월이 기다리고 있겠지.

판도라 상자 속 마지막 실체가 희망이기에 더 잔인하다.
살아남은 자들의 승리를 축하하며, 오늘도 실존의 길을 걸어가야만 한다.

어머니를 그렸습니다, 40년 지나도 그리워서

잃어버린 선글라스 찾아 경기도 포천 국립 광릉수목원 갔다 온 날.

사월 오후 내내, 봄비 같지 않은 소나기가 내리고.

산행 길가에 하얗게 핀 짝은 풀꽃 한 송이 엎드려 찍느라, 가슴에 걸어놓은 선글라스가 흘러내린 줄도 몰랐으니.

아끼는 내 소지품에 대한 애착 때문에 풀섶 어디에 그대로 누워있을 것 같아, 승용차로 왕복 2시간도 넘는 먼 길을 가족까지 동원하여 갔건만.

발이 달린 그이는 찾을 수가 없다.

얄궂은 꿈속을 헤매어 다니다가 선잠에서 깬다.

문득 일간지에서 본 러시아 한인화가 변월룡1916~1990의 유화 '어머니'를 생각한다.

"어머니를 그렸습니다, 40년 지나도 그리워서"

어머니, 어머니 나의 어머니.

광릉수목원 풀꽃

1920. 3. 5. ~ 2019년 4월 25일 목요일

어머니를 그렸습니다 40년 지나도 그리워서

러시아 한인 화가 변월룡展

변월룡의 유화 '어머니'(119.5×72㎝). 학고재

너무 아플 때 어김없이 어머니가 계신다. 늙어 한쪽 눈이 거의 감긴 채, 그러나 두 손을 매만지며 환영처럼 서 계시

2

어머니께서 가르쳐 주신 동요

사월에서 오월로

숙면이 점점 힘들어진다.

선잠 깨어 잠을 청해보지만, 쉽게 잠들지 않은 채 새벽을 맞을 때가 많다.

그런 때는 항상 어둠 속에서 눈을 감은 채 엄마 생각이다.

요즘은 눈물을 찔끔거리는 적은 많지 않다.

그리움도 세월에 희석되나, 승화되나.

내 마음과 몸은 엄마에의 그리움을 빼고 나면 남을 게 없다.

엄마가 내게 주신, 절체절명의 지원과 무한한 수용의 따듯함은 세상 어디서도 찾을 수 없기에.

어제 한낮. 길에서 초로의 남자가 할머니를 향해 '어머니' 하고 부르는 소리가 들렸다. 우리 자매는 약속이나 한 듯 '저 나이에도 엄마가 생존하셔 부를 수 있다니' 하며 부러움으로 쳐다보았다.

세월은 사월의 끝자락에 매달려 이틀만 지나면 계절의 여왕 오월이다.

생태계의 변화는 화려한 오월의 여신에다 준비되지 않은 성급한 초여름을 불러와 당황스럽다.

문득 어느 소녀의 말이 생각난다.

자기가 다시 태어나면 어머니가 되어 자기 어머니가 주신 은공을 갚겠단다.

내가 한 번도 생각해 본 적 없는 어린 소녀의 발상에 충격을 받았다.

그렇게라도 할 수 있다면 얼마나 좋을까.

그러나 절대로 나는 엄마의 사랑에 닿을 수 없을 거야.

그 사랑의 깊이와 넓이를 헤아릴 수 없으니까.

카네이션

어머니날의 유래는 서양에서 비롯된다.

영국과 미국 같은 기독교 국가에서 어머니 주일을 지키는 종교적 관습이 있었다. 미국의 경우에는 1872년 보스턴 지역 교회를 중심으로 어머니날이 제안되었으나, 범국가적인 어머니날 제정 움직임은 필라델피아 출신 여성인 안나 자비스Anna Javis가 시작한 것으로 알려져 있다. 마침내 1914년 미국 대통령 토머스 우드로 윌슨이 오월 둘째 주 일요일을 어머니 날로 정하면서부터 정식 기념일이 되었다.*

오월이 시작되는가 싶더니 곧장 거리는 카네이션 꽃 장

식으로 여기저기 화사하게 피어나고 있다. '오월은 가정의 달에다가 그 에이스엔 어버이날이 있지.' 거리의 무심한 사람 속을 거닐며 혼잣말을 마음속으로 중얼거려 본다.

늦가을에 엄마를 떠나보내고 한동안은 다가오는 오월이 아픈 상흔으로 가슴을 쓰리게 했다. 여기저기 상점에 진열된 카네이션을 멀찌감치 바라보며 꽃을 달아드릴 부모님의 생존을 몹시도 부러워하면서.

이제 내게 엄마는 안 계시고 그렇다고 내가 어머니가 되어 꽃을 받을 처지도 아니다. 자기 부모도 귀찮아 한다는 세시풍속의 씁쓸한 뒷얘기를 들으며, 해마다 잊지 않고 챙겨 주는 기특한 조카들의 카드와 꽃 선물을 새삼 고마워한다.

한해, 두 해, 세 해….

작년 어버이날에야 비로소 '나도 거실에 걸린 엄마 사진에다 카네이션을 바치면 되잖아! 왜 바보같이 그걸 몰랐지?' 하며 무릎을 쳤다.

습관처럼 항상 꼽아보는 엄마의 부재세월.

이 세상 떠나신지 5년.

세월은 여러 가지 빛깔로 내 엄마의 모습을 채색한다.

그렇다고 여기저기 일상처럼 따라다니는 엄마의 체취가

열어지는 것은 아니다. 도심의 상가에서 간단한 쇼핑이라도 하고 해가 지는 거리를 걸어서 돌아가는 길에는, 항상 그래왔듯이 엄마가 집에서 나를 기다리고 계시는 것으로 느낀다.

한없이 그리운 엄마.

벌써 이 글을 적는 눈시울이 젖어온다.

아침 TV의 건강프로그램에서 녹즙 만드는 방법을 방영하는 걸 보고 있노라니, 엄마가 바쁜 일상 중에도 빠뜨리지 않고 아침마다 갈아주시던 싱싱한 야채 주스가 생각난다.

욕심 많은 나는 그런 엄마가 옆에 계시지 않는 실재를 부정하는 바보다.

내가 앞으로 몇 번의 오월을 더 맞을 지 알 수는 없다.

다만 이 오월이 가기 전에 엄마 사진에 빨간 내 마음의 카네이션을 바친다.

* 네이버 지식백과

엄마 사진과 카네이션

샤먼서 돌아와

집을 나서 어디로든 떠나야 할 오월이다.

푸르른 창공과 녹색의 싱그러운 수목.

아름다운 이 계절도 곧 지나가 버린다고 속삭인다.

고등학교와 대학을 같이 나온 월례모임 친구들이 조금이라도 젊을 때 해외여행을 가잔다. 평생을 바쁜 직장여성으로 살아 온 나와는 다르게, 여유로운 주부로 해외여행씩이나 다녀 본 친구들이라 행선지 결정부터 난관이다. 가능하면 전원이 안 가본 곳이어야 하니까. 갑론을박 끝에 겨우 정해진 곳이 중국의 샤먼Xiàmén, 厦門이다.

네이버에 검색부터 해 본다.

중국 푸젠福建성 남부에 있는 항구도시로 타이완 해협

을 사이에 두고 타이완과 마주보고 있으며, 구룡강 하구에 있는 매력적인 해상의 낙원이다. 과거에는 주로 골프투어 방문이었지만, 현재는 관광도시로 약 400만이 거주하는 아열대 지역으로 중국 네 개의 경제특구 중 하나다.

13년 간 중국에서 가장 깨끗한 도시로 선정되었다니 공기만 마셔도 여행지로서 충분한 가치가 있다. 생전 들어본 적도 없는 이곳으로의 귀한 여행으로 마음이 설렌다.

인천공항에서 국적기를 타고 3시간 30분을 날아가 도착한 국제공항은 한국보다 1시간 늦다. 젊은 조선족 청년 가이드와 함께 우기가 시작되는 흐린 대기 속에서 쏟아지는 소나기를 뚫고 공항 밖 버스로 이동한다.

제일 먼저 간 곳은 당나라 때 창건한 샤먼에서 가장 오래된 천년고찰 남보타사南普陀寺다. 푸젠성에서 가장 큰 사찰로 중국의 4대 불교 명산인 푸터산普陀山 남쪽에 위치했다고 붙여진 이름이다. 수차례 전란으로 소실과 재건을 반복한다. 365일 불교 신도의 방문이 끊이지 않는다.

우리가 갔을 때 역시 많은 사람들로 복잡했다. 사찰 왼쪽에는 1925년에 창립된 중국에서 가장 오래된 불교학부가 있다.

다음에 들른 곳은 호리산포대胡里山炮台로 샤먼항을 수호

하는 요새다. 19세기 말 청나라가 외세의 침략을 방어하기 위해 5년에 걸쳐 만들었다. 특징은 유럽양식과 중국 명청明清 시기의 건축양식이 함께 나타난다. 독일에서 들여온 19세기 포대는 세계에서 원상태로 보존된 포대 중에서 가장 크고 오래된 것으로, 2000년 기네스북에 등재된다.

석식은 현지식으로 혼밥에 익숙한 나는 친구들과의 식사가 즐겁다. 숙소인 호텔은 어마무지하게 커서 객실 찾기가 엄청 힘이 든다.

다음 날은 샤먼에서 10분 정도 거리에 떨어져 있는 작은 섬인 고랑서로 이동한다. 그 중에서도 일광암日光岩은 해발 100미터의 고랑서 최고의 봉우리에 있다. 직경 40여 미터의 거석으로 이곳에서 해상의 화원이라 불리는 샤먼의 경치를 만끽할 수 있다. 숙장화원, 우리나라 명동 같은 중산로, 젊음의 거리인 증조안거리 등이 여행 두 번째 날의 일정이다.

다음 날은 호텔에서 아침을 먹고 약 3시간 버스 이동으로 중국의 전통가옥 흙집 토루土樓 관광에 나선다.

미국 위성이 발견하고 군사시설로 판명하여 스파이까지 파견했다는 토루.

중국 남부 푸젠성의 산악지역에서 보이는 주거형태이다.

적이나 맹수와 같은 외부의 공격에 대응하기 위해 폐쇄적으로 만든 공동주택으로, 현대의 아파트에 비교되기도 한다. 12세기 이래 중국 남부로 이주해 온 객가Hakka, 客家족들에 의해 지어졌으며 20세기에도 건축되었다. 2008년 유네스코에 의해 푸젠성 토루福建省土樓라는 이름으로 세계 문화유산에 지정되었다.*

샤먼시내로 돌아오는 마지막 날 버스 차창에 비친 풍경.

밤 바다 위를 가로지르는 끝이 날 것 같지 않은 길고도 긴 다리는 어디까지 이어지는 것일까.

하루 일정이 끝나면, 밤마다 한 객실에 모여 이루어지던 아름다운 파티의 에피소드. 언제 다시 이런 '파자마 파티'를 할 수 있을지.

샤먼 여행서 귀국한 밤, 피곤에 찌들어 한숨 자고 깬 밤중.

시계는 자정을 지났다.

선명하게 깨어나는 의식 속, 엄마에 대한 찡한 그리움….

* 구글: 2020.12.30.

샤먼

푸젠성 토루

어머니 전상서

까까머리 입대 장병이 처음으로 보내는 편지가 '어머니 전상서'이던 시절이 있다.

누런 갱지更紙로 된 편지지에 볼펜으로 꾹꾹 눌러 사연을 적어 나가는. 문자나 카카오톡은 물론 영상통화로 얼굴까지 보면서 대화를 하는 요즘 청년들은 이런 이야기를 어떻게 생각할까.

그리운 엄마를 향한 연서 같은 편지는 엽서부터 장문의 편지까지 철들며 집만 떠나면 이루어지던 나의 중대사였다.

새해가 반으로 허리는 접는 유월 들어 이틀째 새벽.

문득 '어머니 전상서'를 적어 보내야겠다고 결심을 하고 책상에 앉아 노트북을 켠다. 이 세상 누구에게도 쏟을 수 없는 내 얘기를 들어 주실 오직 한 분, 그분이 계시기에.

며칠 간 시인 노천명이 노래하던 푸른 오월이 무색할 깨끗하다 못해 투명한 푸른 오월이 계속되더니. 유월로 건너와서 아직은 뜨거운 여름이 열리지는 않고 있다. 작년 같은 역대의 살인적 더위가 없기를 빌어 보면서.

어머니 전상서

엄마, 그동안 잘 계셨나요?

엄마가 계신 그곳은 어떠셔요?

전 한 번도 가 본 적이 없기에 통 상상이 되질 않아요.

엄마가 이 세상 떠나면서 미성未成의 저 때문에 제일 마음 아프셨을 거예요. 어른들 말씀에 열 손가락 깨물어 안 아픈 손가락이 있느냐며 자식일은 다 걱정이라지만, 짝이 없는 독신의 저를 불쌍히 여기셨겠지요.

돌아가시는 그날까지 한 집에 같이 살았으니 모녀간이라도 특별한 인연입니다. 성장하면 혼인하여 출가를 하니 길어도 반백 년을 채우기 힘든데, 엄마와 저는 그 세월을 뛰어 넘었으니까요. 그곳에 얽힌 알록달록한 사연을 누가 알겠어요. 두 남동생은 물론 여동생도 다 모른다니까요.

지금도 엄마가 바로 옆에 계신 것처럼 순간순간 느끼며 사는 저.

어제 오후에는 수필반의 대학 선배이자 스승격인 한국 작곡계의 거목이신 L 교수님 미수음악회에 갔었지요. 내 인생 최고의 날이라는 감동의 멘트를 날리는 그분을 보며, '내 엄마는 그 연세, 늦가을 하늘나라로 가셨는데….' 속내 말을 중얼거리며 부러워했지요.

그분의 친한 지인이신 한국문단의 거목 K 시인도 오셨대요. 비록 휠체어에 앉아 계셨지만, 우리 나이 93세에도 고운 면모를 가지신 그분을 보며 역시 엄마를 그리워했답니다. 돌아가시지 않았으면 엄마하고 같은 연세시니까. 엄마는 우리 4남매를 혼자 고군분투 성장시키다보니 생존의 굴레가 이미 하늘나라로 가셨나 봐요. 저보다는 편하게 모시려고요.

비록 내 엄마는 평범한 시민이지만, 내겐 세상 어느 누구보다 소중한 한 분!

그곳에서도 너무 걱정 마셔요.

우리 네 자매는 소박한 시민의 삶을, 이제 손주의 증손주까지 생겨나 무탈하게 지내고 있답니다.

저 역시 한국의 건강한 시민으로 은퇴 후 삶을 열심히 개척하고 있습니다. 대학에서 수십 년간 연구하여 강의한 에릭슨*이란 석학이 노년기는 유희를 위한 기간이라기에 그러려니 했지요만. 제 인생에서 언제 이렇게 여유로운 적 있었나 싶어요.

철없던 유년기를 지나 10대와 20대는 인생의 꿈을 실현하기 위한 노력과 투쟁의 시간이었고, 30대와 40대 역시 현실을 일구기 위한 고군분투의 연속이었지요. 50대와 60대에 와서 비로소 인생에 대한 고뇌를 시작한 늦깎이 딸을 엄마는 미리 알고 계셨지요.

엄마, 이 새벽 새삼 내 생애 처음으로 '어머니 전상서'란 제목으로 책상에 앉은 것은 내 인생의 골든 에이지는 70대란 말을 하고 싶어서랍니다.

엄마, 들어주시지요.

이따 하순께에는 엄마 산소에 들르기로 장남과 미리 약속되어 있어요.

신선한 유월 수목 속 엄마 산소에서 다시 엄마 목소리 확인할게요.

엄마, 오늘은 이만 쓸게요. 안녕.

엄마 딸 드림.

* Erikson, E. H.(1902~1994), 미국의 심리학자

일요일 이른 아침

간밤에는
절실한 엄마에의 그리움 때문에
마음이 저려와
어설픈 잠에서 깨어났다

구심점 없는 내 인생
교수로 한평생 살아오며
엄마와 책과 함께 세월을 보냈는데

은퇴 후
1년, 2년 헤아리던 세월이 7년차

어휴, 곧 10년이 되겠네

나, 지금 어디서 무얼 하고 있나
이 세월이 얼마나 쌓여 엄마 곁으로 갈 수 있나
어쩜 금방이겠지

엄마가 보고 싶다
모든 내 외로움과 아픔 치유해 주실 유일한 한 분
엄마가 보고 싶다

비

비가 좋다.

비둘기 발목을 적시듯 부드럽게 내려 겨우내 얼어붙은 감성을 일깨우는 봄비.

한여름을 가로지르며 온종일 퍼부어대는 장대 같은 소나기.

불붙는 정열같이 순식간에 쏟아졌다가는 금방 사라지는 아열대성 스콜.

그중에도 단연 으뜸은 어두운 한 밤을 밝히며 노트북으로 문서작업 할 때, 내 곁을 지켜주는 밤비다.

때로는 밤새 아무도 모르게 끝없이 내리는 비가 모여 넘치는 강이 되고, 내가 그 강 위에 누워서 세상 끝 어디까지 떠내려가는 환상에 잠긴다.

엄마가 바로 곁에 계시는 것으로 체감되는 새벽.

눈을 뜨니 회색의 대기가 온몸을 휩싸면서, 창밖으론 유월이 떠나가는 장마 비가 내리고 있다.

애써 '엄마별세'란 팩트를 자신에게 인지시킨다.

나는 항상 서울의 메마른 땅이 유감이다.

원래 비를, 그것도 차라리 소나기라면 더 좋을 '비를 부르는 여자'이기 때문인가.

비를 위해 멋있는 레인코트와 빨간 우산을 마련해 놓고, 라이안의 처녀Ryan' s Daughter*의 여자주인공 로즈가 된 듯 착각에 빠지곤 하던 젊은 날이 떠오른다.

엄마!

이 새벽 포근한 잠자리서 듣는 빗소리는 슬프지 않아 좋네요.

* 데이비드 린David Lean 감독의 1970년 개봉영화

통영항

수십 년 같이 근무한 동료와 통영여행은 장마 속의 강행군이다.

다행히 폭우 속의 고속도로를 재직 중인 중견의 여교수가 자기의 성능 좋은 승용차로 주행해 주어 이루어진다.

박경리 문학관에서 전혁림 미술관으로 우리의 예술적 관심은 빗속이라 더 좋다.

한국의 아름다운 길이란 해안도로를 통과해서 만난, 효봉曉峰선사가 수행한 미래사 풍광은 압권 중의 압권이다. 박경리 문학관, 북 카페에서 만난 자원봉사자가 힐링 코스로 강추해 준 것이 새삼 감사하다.

절 입구 작은 연못 안의 바위 위에 앉은 어미 거북과 새끼 거북.

물속을 유연하게 헤엄치는 거북의 모습은 난생처음 보는 진풍경이다.

우리나라 불교계의 거봉이신 효봉 스님을 모르는 사람은 없으리라. 흐린 대기 속을 적시는 빗속의 절 풍광이나 주변의 편백나무 숲은 초현실주의 그림 속에 들어간 느낌이다. 원래는 효봉 스님 제자였던 구산 스님이 석두, 효봉 두 큰스님의 안거를 위해 1954년에 세운 암자가 절의 시작이다.

20대 후반쯤으로 기억된다. 어두운 밤, 눈 내리는 순천 송광사에 도착하여 친구들과 함께 뵈었던 구산 스님이 떠오른다.

숙소는 대학 통영캠퍼스의 게스트하우스.

멀리 비 오는 시가지의 통영대교가 불빛 속에서 아련한 정감을 아낌없이 선사해 준다.

오랜 세월 같은 캠퍼스 속에서 호흡하며 학교식당에서 같이 점심도 먹고, 구내 카페에서 커피도 마시고 학교 뒷산 산책도 함께한 동료들이지만, 게스트하우스 동침은 처음이다.

은퇴한 세월을 꼽아야 하는 나로서는 현재 재직 중인 교수들과의 동침은 행운이다.

밤 깊은 시간까지 우리는 정치, 경제, 사회에 관한 토론으로 시간가는 줄 모른다. 공교롭게도 다들 인문학 교수들이라 인문학의 미래에 대한 거창한 토론도 빠질 수 없다. 더하여, 한국의 여류 나혜석 파헤치기부터 소소한 자신의 일상에 관한 것까지 대화의 샘은 마르지 않는다.

우리 중에 가장 젊은 재직교수가 바쁜 일상 중에 어렵게 마련한 이 여정.

내년 2월이면 은퇴하여 고향으로 떠나는 교수를 위해, 오는 가을에 해외연수 떠나는 동료교수도 함께 배려했단다.

초대된 것을 고마워하는 나는 다른 명예교수 친구에게 은근히 자랑하는 문자를 날린다.

시작된 장마 속에서도 뽀송뽀송한 마음으로 올 여름 더위에 대처할 수 있기를 기도하며, 우리의 동료애가 오래 향기롭게 지속되기를 빌어본다.

엄마, 학교만 갔다 오면 미주알고주알 얘기하던 동료 교수가 내년이면 벌써 은퇴예요. 그이를 위한 여행이랍니다.

대학 게스트하우스에서 본 비 오는 통영항

미래사 절 입구 연못 속 헤엄치는 거북

연못 속의 어미 거북과 새끼 거북

한밤중에

지금 내가 깨어
살아 있다는 사실이
고맙고 행복하다

생의 한가운데
아직은 일상을 꾸리기에 무리는 없다
근심도 없다

내 언제 인생에서 이렇게 여유로운 적 있었던가

나를 이 세상에 보내주신 엄마께 감사드린다

어머니께서 가르쳐 주신 동요

엄마는 일본 교토에서 태어나셨다.

그곳에서 청춘시절을 보낸 뒤 해방과 함께 귀국하셔, 대한민국 건국의 기쁨과 혼란을 체험한 세대이시다.

당신께서 생활하셨던 대도시 교토와 돌아 온 한국의 시골마을 문화 차이가 어떠했을지. 어릴 적부터 듣기도 했지만 상상으로도 짐작이 된다.

일본에서 여고를 나온 엄마는 결혼 전에 한국에서 철도청 직원생활도 하시고 시골 초등교사도 하셨다. 결혼 후 십여 년 만에 병사한 아버지와의 결혼생활은 크게 행복하진 못하셨다.

4남매의 장녀였던 내가 초등학교 6학년 때 돌아가신 아버지에 대한 기억은 빈약하다. 아버지가 어렵게 느껴진 것은 수용과 자애로 모든 것을 대신해 주신 엄마 때문이기도 하다.

그래도 아버지에 얽힌 추억이 영 없는 것은 아니다.

술을 좋아하신 아버지는 더러 거나하게 취하셔서 늦게 귀가하시곤 했는데, 그 시절엔 귀한 가죽점퍼 속의 안주머니엔 항상 고소한 땅콩 같은 간식거리가 가득 들어 있었다.

초등학교 시절 아버지와 함께한 여행도 즐거움이었다.

주로 부산에 계시는 고모 댁에 가는 기차여행으로 그 시절엔 장거리 여행이었다. 기차 속을 오가며 간식거리를 파는 마차가 올 때마다, 맛있는 간식거리를 엄청 사 주시던 기억은 반세기가 넘는 세월 속에서도 생생하다.

항상 긍정적이고 낙천적이신 엄마는 어려운 환경 속에서도 생활의 찌꺼기 같은 한탄을 하신 적이 없다. 유추하면, 30대 초반의 나이에 어린 4남매를 거느린 가장으로서 여유 없는 가계를 꾸려갔을 게 분명한데도 말이다.

유년기부터 엄마가 읽는 책의 이야기를 듣고 자란 나.

바쁜 일상 중에 조금이라도 시간이 나면, 『문예춘추』 같은 일본 문학잡지를 항상 보고 계신 엄마가 떠오른다. 한번은, 일본 여류작가가 한국인의 실상을 다큐식으로 집필

한 책에 감동을 받으셔 팬레터를 보내시더니만, '저자로부터 받은 답장'을 보여주신 적도 있다.

동요나 가요도 많이 가르쳐 주셨는데, 그게 전부 일본어로 된 것이라 어릴 적부터 외국어에 노출된 셈이다. 한국에서 제도권 교육을 받은 적이 없는 엄마는 한글도 독학 습득이라 일본어가 더 편하신 거다.

TV채널을 돌리다가 NHK*를 만날 때는 생전에 한국TV 못지않게 자주 시청하시던 엄마 생각이 난다. 내가 일본어에 미숙하여 제대로 인지되지 않는 게 한이 된다.

간혹 엄마가 가르쳐 주시던 일본 전래동요라도 방영되면, 엄마가 새삼 그리워져 가슴이 저려온다.

지난밤에는 잠자리에 들었는데도 잠이 오지 않아 뒤척거리는데, 왜 엄마가 가르쳐주신 동요가 새삼 떠올랐을까.

고향**

1절. 토끼 쫓던 저 산
붕어 잡던 저 강
지금도 꿈에 그리는
잊지 못할 내 고향

2절. 어떻게 지내시나요, 아버님 어머님
　　친구들은 여전한가요
　　비바람 불어도
　　생각나는 내 고향

엄마와 함께 이 동요를 부르던 때가 엊그제 같은데.

* Nippon Hoso Kyokai의 약자, 일본방송협회.

** 고향故郷, 후루사토는 일본의 동요로 1914년 소학교 제6학년 교과에 수록된 곡이다. 작사가는 다카노 다쓰유키, 작곡자는 오카노 데이이치이다. 어릴 적 야산의 풍경을 먼 곳에서 바라보며 그리워한다는 내용으로 공부와 일을 하기 위해 객지에 온 사람들의 심정을 노래했다. 가사에서 노래한 "저 산かの山"과 "저 강かの川"은 작사가 다카노 다쓰유키의 고향에 있는 나가노현 시모미노치군 도요타촌(현 나가노시 나가에)의 오모치산大持山과 한카와강斑川으로 알려져 있다. 작사가 다카노 다쓰유키의 고향, 나가노현 나가노시와 작곡자 오카노 데이이치의 고향 돗토리현 돗토리시에 가비가 세워져 있다(네이버 지식백과).

제부도 이야기

태양이 끓고 있는 칠월 말.

여동생과 함께한 여름휴가는 경기도 화성시 서신면 제부리에 딸린 작은 섬, 제부도가 된다.

아침 일찍 여동생과 운전을 맡아 준 제부와 함께 제부도로 향한다.

이 섬은 335세대에 617명이 살고 있으며 면적 0.972㎢, 해안선 길이 12㎞, 산 높이는 62.5m다.*

서울에서 비교적 가까운 거리로 다음 날 출근을 해야 하는 여동생을 위한 배려에서 정해진 곳이다. 오래 전 낚시하던 사람들이 밀물로 바닷길이 막혀, 고립된 섬에서 낭패를 당했다는 보도를 들은 것 외에 섬에 대한 지식은 없다.

주말이 아니라 그런지 섬 입구는 한산하다.

모세의 기적이 일어나는 제부도 방문을 환영한다는 전광판이 나타나더니만, 동시에 바닷길이 오후 1시에서 3시까지 통제된다는 굵은 글자가 우리를 내려다보고 있다. 남해안에 바닷길이 갈라지는 섬, 진도가 있다는 얘기는 진즉에 들었지만, 서울 가까운 제부도에 이런 스토리텔링이 있을 줄이야.

서울서 아침 일찍 출발한 덕분에 섬의 관광 명소인 제부도 해수욕장, 서해안 해안 산책로, 물이 들어차면 섬이 된다는 삼형제 촛대바위, 바다 위의 빨간 등대를 대충 둘러본 뒤에, 이른 점심식사를 하고 바닷길이 막히기 전에 빠르게 섬을 빠져 나온다.

우리의 관심사는 1980년대 말 만들었다는 시멘트포장 바닷속의 자동차길 2.3㎞가 밀물에 잠기는 모습이다.

30여 년 전만 해도 제부도 사람들은 장화를 신고 갯벌에 빠지면서 육지로 건너다녔단다.

오후 1시경부터 섬 입구에는 통제원이 나타나서 곧 바닷속의 찻길이 막힌다며, 주변에 있는 승용차부터 높은 곳으로 이동시킨다. 그리고 섬으로 들어가는 차들에겐 오후 3시 이후라야 섬을 빠져나올 수 있다는 통보를 해 준다.

섬을 빠져나오는 자동차 길 양쪽의 500m가 넘는 개펄이 바닷물로 덮여오는 모습을 보기 위해 섬 입구의 높은 전망대로 향한다. 한여름의 땡볕 속에서도 전망대는 구경꾼들로 붐빈다.

그러나 오후 1시에 통제된다는 바닷길은 우리의 바쁜 여행일정과는 다르게, 계속 통과되는 자동차 때문에 의구심이 들기도 한다. 시간이 지나갈수록 차량통제원의 포스는 점점 시들해지더니, '오늘은 물이 서서히 들어오기 때문에 볼거리가 덜하겠는데요' 하는 말이 귓등으로 들린다.

바닷물이 너무나 서서히 밀고 오는 통에 머리 위의 작열하는 태양열로 일사병이라도 걸릴 것 같은 기세다. 주변의 구경꾼들도 한 사람 두 사람 지쳐 사라지더니만, 나중엔 우리 가족과 달랑 남자 한 사람을 남겨둘 뿐이다.

결국 그날 바닷길은 오후 3시경까지 완전 잠기질 않았고, 통제원은 전망대의 우리를 향해 더 이상 바닷물이 들어오지 않는다며 내려오란다.

에이! 바닷길이 완전히 덮여서 흔적도 없는 망망대해를 기대했는데….

그래도 난생처음 거의 2시간에 걸쳐, 바닷물이 들어오는

'쏴~쏴~' 하는 야트막하면서도 거대한 자연의 소리를 들었다.

바닷길 양쪽으로 펼쳐져 있던 광대한 개펄을 천천히 거의 다 덮어버리는 바닷물의 소리 없는 기적도 보았다.

덕분에 나에겐 꿈이 하나 더 생겼다.

제부도의 바닷길이 잘 보이는 곳에 세컨 하우스를 마련하는 것이다. 그리고 바닷물이 길 양쪽으로 갈라졌다가는, 서서히 밀고 들어오는 모습을 지켜보면서 살아 보는 것이다.

보름달빛이 은파를 만드는 밤에는, 내 생에 아름다운 이야기를 만든 사람들을 추억하며 새삼 그리워하고.

하루 종일 비가 내려 바다 위 수평선 멀리까지 회색빛 수채화가 그려질 때는, 차마 하지 못한 내 속내 말을 파도에 실어 보내기도 하리다.

우울하거나 쓸쓸할 때는, 의자 방향을 움직여 가며 석양을 몇 번씩이나 보던 어린왕자에게 문자도 보내면서.

그 중에서도 단연 으뜸은 엄마에 관한 많은 이야기를 몇 날 며칠 밤을 지새워가며 긴긴 글을 쓰는 것이다.

나의 제부도 세컨 하우스는 좀은 쓸쓸할지 몰라도, 이런 사연들로 충분히 의미로울 수 있으리라.

* [네이버 지식백과] 제부도 [한국의 섬– 인천광역시·경기도] 2019.06.07. 수정

모세의 기적이 일어난다는 제부도

성북동 길상사

언제부턴가 가보고 싶던 곳이 서울 성북동 길상사다.

매스컴을 통해, 대원각 주인이 이 음식점을 법정 스님에게 시주하려는데 받으려 하지 않는다는 사실은 알고 있었다.

이런 실랑이가 10여 년간 이어지다 1997년 법정 스님이 드디어 고집을 꺾으신다.

이런 연유로 김영한 여사의 성북동 대원각은 법정 스님이 소속한 전남 송광사의 말사인 길상사로 문을 연다. 기부할 당시 대원각 땅이 7,000평으로 시가 1,000억 원이었는데. 휴전선에 가로막혀 만날 수 없는 옛 연인 백석*의 시 한 줄에 비하면 의미 없는 금액이라고 했다니.

김영한 여사는 죽으면 눈이 많이 오는 날 뼈를 길상사에 뿌려달라는 유언을 남긴다. 그녀는 1999년 11월 세상을 떠나고, 법정 스님도 2010년 3월 11일 세상을 떠난다.

며칠 전 친구로부터 온 전화는 도서관 문화센터 프로그램인 '성북동 골목산책'에 같이 가잔다. 여러 가지 아이콘을 들먹이는데 그 중에 길상사도 있어 귀가 번쩍 뜨인다. 그러나 다른 일이 겹쳐 결국 못 가게 되어 엄청 아쉬웠다. 갔다 온 친구가 다시 전화를 해 와서는 쉽게 갈 수 있는 차편을 안내하며 혼자서라도 가보란다.

아직은 여름이 기를 꺾지 않는 팔월 중순, 한가한 일요일 오전.

혼자서 집을 나서 전철을 몇 번씩 바꿔 타고 그리고 또 마을버스를 타고 내린 삼각산 길상사 입구.

일요일이라 그런지 경내는 사람들로 술렁거린다.

선입견 때문인지 절이라기보다는 잘 가꾸어진 식물원 같은 느낌이 먼저 온다. 무성한 숲에다가 작은 계곡의 폭포도 있고, 손길이 간 수수한 화초도 부담 없이 간간히 보여 좋다.

20년에 걸친 맑고 향기롭게 살아가기 운동은 물론 사찰체험, 불도체험, 수련회 등의 프로그램을 마련하여 도심

문화 공간 역할도 수행한다.

'어머, 이미 송광사 불일암서 본 법정 스님 유골함이 이곳에도 있구나!'

법정 스님이 손수 만든 투박한 나무의자, 평소에 쓰시던 안경, 글을 쓰던 원고지, 펜 등 소소한 일상품이 전시되어 스님이 더 가깝게 느껴진다.

오래 전에 법정 스님과 이루어진 작은 만남 때문에 더 그랬을까.

대학을 갓 졸업하고 고향에서 영어교사를 하던 시절.

지금의 나보다 더 젊었던 엄마와 나를 따르던 제자와 함께 불일암의 법정 스님을 뵈러 간 적이 있다. 그때는 지금처럼 교통편이 좋지를 않았다. 송광사 근처까지 버스를 타고 가서는, 꽤 높은 곳에 있던 불일암으로 걸어 올라갔던 기억이 새롭다.

여름방학 기간이지만 평일이라 송광사 경내는 한산하고, 암자를 향한 오르막길 옆으로 노란 달맞이꽃이 드문드문 피어 있다. 한참을 땀을 훔쳐가며 올라가니 아담하고 작은 암자가 나타난다.

마당 곁 작은 옹달샘은 스님의 손이 간 듯 얼마나 정갈하게 꾸며져 있는지. 방에는 젊은 군인 한 사람이 스님을 뵙고 있다. 우리 일행도 반갑게 맞아주시며 즐겁게 살아야 한다는 말씀을 주셨는데, 따뜻한 스님의 모습은 세월이 무수히 흐른 지금도 잊을 수가 없다. 스님의 책에 종종 등장하는 후박나무도 마당 끝에 잎을 드리우고 서 있다.

그 해 연말 나는 스님과의 해후를 잊을 수가 없어 연하장을 보냈고, 뜻밖에도 스님의 멋스런 답신을 받는다. 존경하고 좋아하는 유명 스님의 친필을 받고 들떠서 주변 지인들에게 보여주며 자랑을 했다.

최근에 불일암에 다시 갈 기회가 있었는데. 그 후박나무가 너무 울창해진 데다, 나무 밑에 스님 유골함까지 있어 세월의 무상함을 느낀다.

평소에 법정 스님의 무공해 글이 좋아, 스님의 글이라면 칼럼에서 단행본까지 무조건 탐독을 했지만. 이제 세상을 떠나셔서 더 이상 새로운 글을 접할 수 없는 것이 아쉽다.

내 엄마도 2014년 11월 26일 이 세상을 떠나셨다.

* 백기행(1912~1996) 시인

싱글

나는 싱글single이다.

70대 비혼녀로 혼자 살고 있다.

'아니, 요즘 같은 출산율 제로국가의 비애국자로서 뭔 할 말이 있누.'

'처녀가 애를 낳아도 할 말은 있지.'

'처녀가 애를 낳았으니 얼마나 할 말이 많을고.'

'싱글이 어때서.'

요즘 우리나라는 세대 간 이슈가 첨예하게 대립되어 대화가 안 된다. 부모자식 간에도 괴리가 있다.

Z세대*는 조선시대에 애 못 낳는 여자를 칠거지악에 넣었다면 이해가 되려나. 대학에 수십 년 재직하며 강의한

전공내용 중 'kohort'**라는 단어가 잘 이해되지 않았는데 퇴직 후 이제야 겨우 이해가 되다니.

은퇴 후 홈그라운드인 고향을 떠나 '인 서울 in Seoul' 하여 8년째, 나는 강남의 작은 아파트에 산다.

원래의 성향 때문인지 나는 인간관계에서 스트레스를 많이 받는다. 유리판 같은 내면세계는 무심히 던진 지인의 말에 쉽게 금이 가고 깨어지기도 한다. 그래서는 종내 잠을 못 이루는 날도 많다.

21세기의 모럴, 특히 시니어문화도 액티브active해야 한단다. 은퇴해서 상경한 지방대 교수를 위한 일자리는 없다. 겨우 찾아 낸 것이 초등학교 부모교육 프로그램 '아동심리학' 강사직 정도다. 그것마저도 얼마 못가 폐강된다.

제도권 밖 자연인으로 실존하려는 자신의 노력은 처량하다. 학교문화권에서만 살아 온 나는 비현실적이다. 학교의 우등생이 사회의 열등생이 되지 않는 21세기 교육을 강의한 나의 정체성은 무엇인지. 단순한 일상인 시장보기, 병원가기, 관공서 일보기도 만만치 않다.

며칠 전 대학동기모임에서 나더러, 아무도 건드리지 않는 생활 속에 무슨 스트레스가 있겠냐고 언급한다. 자기들과 많이 다른 나의 라이프 스타일에 대해서다.

소외당하는 느낌이 드는 것은 자격지심일까. 스트레스에서의 완전한 도피는 죽음뿐이라는 심리학 이론은 친구들의 관심사가 아니다.

그런 상황에서는 나 자신도 맞장구를 치며 친구의 의견에 동조를 한다. 그래 놓고서는 집에 돌아와서까지 감정처리가 잘 안 된다. '쿨'하지 못한 거다. 어렵사리 다른 친구에게 하소연이라도 할라치면 무시하고 그러려니 하라며 대수롭잖게 응대한다.

맷집이라도 좋아 무심하면 좋으련만 며칠을 전전긍긍해서 겨우 만들어낸 답안지다. '그래 좋아. 너네는 살아오며 남편이나 자식이 없는 인생을 상상이나 해봤니? 모든 것을 혼자서 해결해 나가야 하는' 이다.

자아의식이 강하고 현실감각이 없는 지식청년인 '나'는 『날개』를 통해 밀실 속에서 예술로 승화된다. 시대적 명작을 만든 작가 이상은 나의 까마득한 로망이다.

자녀를 훌륭하게 키워 놓은 한 친구가 나를 파랑새에 비유한 적이 있다. 여고시절 문예반으로 활동한 그녀를 부러워하는 나에 대한 배려였을까.

확실한 것은 엄마다.

엄마의 격려를 어깨에 올려놓으면, 나는 날개를 달고 창공을 날아오르는 한 마리 파랑새가 된다.

* 1990년대 중반에서 2000년대 초반에 걸쳐 태어난 젊은 세대

** 통계적으로 동일한 특색이나 행동 양식을 공유하는 집단

씨마크에서

엄마, 그동안 잘 계셨나요?

참 희한한 것이 인간사입니다.

하루라도 안 보면 못살 것 같던 엄마를 벌써 5년씩이나 못 뵙고도 건재하고 있다니까요.

지금, 엄마가 계신 그곳은 어떠세요? 항상 따뜻한 인품으로 주변을 화사하게 만드는 분이시니, 설령 좀 척박하더라도 분명 꽃밭을 일구고 계실 겁니다.

엄마가 태어날 때부터 많이도 안고 업고 키우시던 외손자가 오랜 유학에서 돌아와 같은 유학생 피아니스트랑 결혼한 거 아시죠.

2년 전 십일월 중순, 서울 명동성당의 꽤 쌀쌀한 결혼식 날.

엄마가 곁에 안 계셔 저가 얼마나 쓸쓸했는지 아세요?

연미복을 입은 조카와 제대로 사진 한 장 못 찍은 거 있죠. 모두들 진행되는 일생일대의 결혼식에 바쁜 역할로 정신을 못 차립니다. 생전 처음 본 빛나게 아름다운 신랑을 지켜보는 것으로 끝나 버렸으니 지금도 한이 되네요.

신혼여행에서 힘들게 사 온 라텍스 매트릭스는 침대 없는 나의 잠자리를 포근하게 만들어 주었답니다. 이 세상 누가 그만큼이라도 엄마 딸에게 관심을 주겠어요. 갓난쟁이 적부터 쌓여 온 그와의 추억만도 벌써 몇십 년.

결혼 후 아내가 있는 남편으로서 새로운 그의 모습이 낯설 때도 있지만, 그것이 사람이 살아가는 모습이겠지요. 대기업 사원으로 바쁘게 열심히 생활하고 있어요.

아직은 아기도, 집도 갖지 못한 채 뛰는 모습이 측은하기도 합니다. 한국 대부분 30대 모습이라 위로를 하다가도 천상에 계신 엄마의 한숨소리가 들립니다.

그런데 엄마, 올해 구월 가을이 시작되면서 그가 이벤트를 만들어 주었어요.

처음 들어 본 강릉 씨마크Seamarq 호텔의 1박 2일 여행 선물이랍니다. 자기 회사 사원을 위한 프로젝트래요. 전망 좋은 동해바다가 바로 보이는 5성급 호텔에서, 여동생 가족과 함께 힐링의 시간을 가질 수 있었지요.

수십 년도 전, 엄마와 함께 해외여행을 다니던 시절의 고급 호텔 못지않대요. 완벽한 시설에다 주변의 바다풍광은 해외 유명관광지와 비교해도 전혀 손색이 없더라고요.

대학시절 설악산 등산여행 중.

달이 밝은 경포바다 해변에서 추억의 팝송 'Sealed With A Kiss'를 합창하던 젊음을 찾으려고 안간힘을 쓰는 엄마 딸이 우습지요.

해변도 무지 확장되어 강문해변, 안목해변, 어디가 어딘지 헷갈리대요. 위락시설도 엄청 들어서서는 커피거리는 나만 몰랐지 대한민국 청춘은 다 아는 곳이라네요.

바다가 좋은 엄마 딸은 서울서 못 본 바다를 원도 한도 없이 눈에 넣습니다.

잔잔하고 평화로운 남해바다, 갯벌이 완만하게 펼쳐지는 서해바다를 추억하면서요. 그리고 여기, 동해바다는 남성적인 짙푸른 빛깔과 흰 파도로 박력 있게 펼쳐집니다.

'왜 엄마랑 같이 올 수 없지?' 이런 바보 같은 생각을 하면서요.

언젠가 친구들과 한반도 남쪽 비 오는 기장바다에 간 적이 있어요. 오시리아 산책로가 보이는 카페에서 커피를 마시며, 인접한 고급 호텔의 바다를 향한 수영장에 선망의 시선을 보낸 적이 있거든요.

이번 여행의 메인이자 빅 이벤트를 소개할게요.

아름다운 동해 밤바다를 보며, 따뜻한 수영장물을 만끽한 채 수십 년 만에 수영을 했답니다. 수영 실력은 F학점이지만 엄마는 격려해 주실 거예요.

엄마, '씨마크 투어'는 엄마가 많이도 예뻐한 하나 밖에 없는 외손자가 만든 가족 힐링 프로젝트예요.

엄마 딸은 잠간 꿈은 꾼 듯 꼭 엄마에게 이런 사연을 부치고 싶었답니다.

엄마, 제 마음 아시죠!

씨마크 호텔에서 본 동해안

엄마 생각

여고 동기로 구성된 연극단의 요양원 공연 십여 회
재충전을 위한 양양 솔비치 MT 2박 3일
동해바다 내음과 풍광으로 잃어버린 순수를 찾다
"네가 그렇게 활짝 많이 웃는 모습은 처음 본다!"
"모르는구나, 원래 저 애 잘 웃어"
"웃는 재주 밖에 없어서"

연이은 중학교 동기 모임
'내일 12시 상암 월드컵경기장역 1번 출구 지상에서 만나자'
서울 상암동 하늘공원 억새 축제 참가

맑은 가을하늘, 억세게 많은 억새, 핑크천지 핑크 뮬리
가을 억새 속 황톳길, 맨발로 친구와 함께 걸으며
이 넓은 억새공원이 처치곤란의 쓰레기장이었다니
무에서 유를 창조하는 것보다 더 업그레이드 된 마이너스에서 플러스로

누적된 피로에 절어 한잠 자고 깬 새벽
다시 이어지는 엄마 생각
가신 세월을 꼽아보는데
엄마는 내 곁에 계신다

양양 앞바다

하늘공원 억새와 핑크 뮬리

3

어머니 5주기

스페인·포르투갈 여행

'식탁을 털고 나부끼는 머리를 하고'

아시아나 항공의 리스본 취항을 기념하는 포르투갈·스페인 패키지 여행은 나를 설레게 했다. 건강, 시간, 경비, 투어 프렌즈tour friends의 조화로 떠날 수 있는 나의 남유럽여행은 시작된다.

세계사를 처음 배우는 초등학생이 되어 파노라마같이 펼쳐지는 새로운 도시, 역사, 문화, 풍광을 보는 것만도 벅찬 하루, 하루를 기대한다. 이베리아 반도를 대충이나마 스케치할 수 있다니.

지난 늦가을 어느 날.

인천국제공항을 오후 2시 30분에 떠나 13시간 20분을 비행하여 포르투갈 리스본에 도착한다. 9시간의 시차 때문에 같은 날 오후 6시 50분이다. 리스본 공항에서 현지 가이드를 만나 호텔로 직행한 것이 첫날이다.

다음 날은 리스본/까보다로까/파티마 일정이다.

리스본은 포르투갈의 수도이자 주요항구로 포르투갈에서 가장 큰 도시이다. 테주강Tejo R.이 대서양으로 흘러드는 유럽대륙 서쪽 끝에서 13km 상류에 있다. 면적은 84.8㎢이며 인구는 2,956,879명2020년 추계이다. 포르투갈어를 사용한다.*

먼저 마누엘 양식 걸작으로 유네스코 세계문화유산인 제로니무스 수도원을 구경한다. 이 수도원은 1498년 바스코 다 가마Vasco da Gama가 인도항을 개척함으로써 비단과 향신료를 포르투갈에 들여오게 되자, 마누엘 1세가 그의 부를 상징하기 위해 지은 수도원이다.

다음은 리스본항구 등대 역할을 했던 마누엘 건축양식의 벨렘탑Tower of Belem을 보러 간다.

이 탑 역시 1983년 유네스코 세계문화유산에 등록되었다. 마누엘 1세에 의해 1515년 테주강 위에 세워진 탑으로, 원래는 외국 선박의 출입을 감시하며 통관 절차를 밟던 장소이다. 대항해 시대에는 왕이 이곳에서 선원을 알현하기도 했다. 스페인이 지배하던 시절부터 19세기 초까지는 지하를 물 감옥으로 사용했는데, 만조 때마다 차올랐다가 빠지는 물로 정치범과 독립운동가들을 고문했다.

다시 이동하여 유라시아 대륙의 최서단 까보다로까Cabo da Roca로 간다.

지구의 반을 넘게 차지하는 유라시아 대륙의 땅끝 마을로, 포르투갈의 로까Roca 마을에 있는 곳이라고 로까곶Cape Roca으로도 불린다. 절벽 위의 빨간 등대는 멀리서 들어오는 배들을 관찰하여 15세기 대항해시대를 연 포르투갈 전초기지 역할을 하던 곳이다.

땅이 끝나고 대서양과 맞닿은 까보다로까 언덕.

오래 전 미국 플로리다 잭슨빌항구에서 엄마랑 바라보던 대서양을 생각한다.

다음은 가톨릭에서 공인된 세계 3대 성모 발현지로 유명한 파티마 대성당Sanctuary of Our Lady of Fatima으로 이동한다.

30만 명을 수용할 수 있는 광대한 광장 북쪽에 있는 신고전주의 양식 대성당을 보기 위해, 폭우가 퍼붓는 어두운 광장을 걸어갔던 일이 새삼스럽다.

그 와중에도 포르투갈을 상징하는 닭 모양 사기 마그네틱 몇 개를 기념품 가게에서 산다.

다음 날은 국경을 넘어 스페인 남서부 안달루시아 지방의 심장인 세비야 관광이다.

세비야는 이 지방의 예술, 문화, 금융 중심의 대도시며 플라멩고의 발상지다.

호텔 조식 후 세비야로 이동하여 세계 3대 대성당 중 하나인 세비야 대성당Sevilla Cathedral을 구경한다. 세비야 대성당은 1402년부터 약 1세기에 걸쳐 건축된 만큼 고딕, 신고딕, 르네상스 양식이 섞여있다. 바티칸의 산피에트르 대성당, 런던의 세인트 폴 대성당 다음으로 큰성당이다.

그 다음 이동한 곳은 세비야의 랜드마크로, 스페인에서 가장 아름다운 광장으로 손꼽히는 스페인광장Piazza di Spagna이다. 1929년 라틴 아메리카 박람회장으로 사용하기 위해 만들어졌다. 각국의 지도가 그려진 광장을 둘러보며, 느긋하게 대리석 벤치에 앉아 현지인들과 대화를 나누는 시간도 가진다.

저녁에는 전통민요, 무용, 기타연주가 어우러져 집시의 한을 풀어내는 정열적인 플라멩고 공연을 관람한다. 플라멩고를 통해 자신을 찾을 수 있다는 무용수처럼 여독이

풀리는 느낌이다.

오페라 아리아로 유명한 세빌리아의 이발사가 바로 이 지방 사람이라는 생각이 떠오르자 친밀감이 느껴진다.

다음 날은 론다/그라나다다.

첫눈에 반한다는 안달루시아지방 절벽 위의 도시 론다.

릴케는 꿈의 도시라고 극찬했고 헤밍웨이도 연인의 도시라 했다.

세비야에서 약 3시간에 걸쳐 이동한 론다는 언덕 위에 지은 도시로 평균 해발이 700m가 넘는 자연요새다. 120m 깊이의 협곡 밑바닥까지 닿는 거대한 누에보 다리 puente nuevo는 전 세계 사진작가들이 선호하는 론다의 대표적 상징물이다. 투우의 발상지이기도 한 론다는 1785년에 만들어진 스페인에서 가장 오래된 투우장이 있다.

죽어가는 연인을 두고 혼자 떠나지 않으려는 그녀, 마리아. 아름다운 여배우 잉그릿드 버그만의 애절한 라스트 씬이 기억에 생생한 추억의 명화, '누구를 위하여 종은 울리나'의 배경이 된 곳이기도 하다.

헤밍웨이는 론다를 사랑하여 이곳에 머물며 책을 집필하기도 한다.

론다에서 약 4시간 걸려 이동한 그라나다는 이슬람과

기독교 문화가 만난 도시이다.

그라나다에는 예술적 가치가 높은 건물이 많다.

그라나다의 상징이자 이슬람 문화 최고 걸작인 붉은 성 알함브라 궁전Alhambra Palace.

에스파냐의 마지막 이슬람왕조, 나스르왕조 무하마드 1세 알 갈리브가 13세기 후반에 창립하기 시작한 언덕에 있는 궁전이다. 역대의 증축과 개수를 거쳐 현재에 이른다. 현재 이 궁전의 대부분은 14세기 때의 것이다. 스페인에서 가장 많은 관광객이 찾는 명소로 유네스코 세계문화유산이다.

얼마 전에는 국내에서 '알함브라 궁전의 추억'이라는 드라마가 방영되어 성의 모습이 소개되기도 했다.

8세기 초 스페인 남부를 침략한 이슬람 왕조는 1492년 가톨릭 세력에 정복되기 직전까지 그라나다를 거점으로 삼았다. 덕분에 그라나다 곳곳에는 이슬람의 흔적이 남아 있다.

엄마, 벌써 여행 일정이 중반으로 접어드네요.

내일은 스페인 수도 마드리드까지 갑니다!

* 다음백과

벨렘탑

대서양과 맞닿은 까보다로까 언덕

까보다로까 절벽 위 등대

스페인 광장의 건축물

알함브라 궁전

스페인·포르투갈 여행 Ⅱ

오늘 여정은 그라나다/코르도바/푸에르토 라파세/마드리드다.

이번 여행 중 가장 이동이 많은 날이다.

호텔 조식 후 그라나다를 출발하여 이슬람 왕국 수도인 코르도바로 이동한다.

코르도바에서는 메스키다 사원Mezequita을 구경한다. 이 사원은 가톨릭과 이슬람 문화가 혼합된 곳으로, 메스키다는 '이마를 땅에 대고 절하는 곳'을 의미한다. 길이 180m, 너비 130m로 약 2만 5천 명이 동시에 예배를 드릴 수 있다.

유대인의 거리와 꽃길, 표트르 광장 등 구시가지 관광

후, 푸에르토 라피세로 간다.

푸에르토 라피세는 최초의 근대소설로 평가받는 세르반테스*의 유명한 소설 『돈키호테』에 등장하는 마을이다. 이곳에 있는 벤타 델 키호테Venta del Quijote라는 레스토랑은 소설 속에 등장하는 여관이다. 성으로 착각한 돈키호테가 성주, 즉 여관 주인에게 기사 작위를 받던 곳이다. 우리는 이 건물 입구 돈키호테 동상 앞에서 인증 샷을 남긴다.

문학사에서 햄릿과 대조되는 인간상으로 등장하는 돈키호테를 모르는 사람은 없을 것이다. 소심한 나는 돈키호테의 성향을 부러워한 적도 있다.

다음 날 일정은 마드리드/톨레도/마드리드다.

호텔 조식 후 유네스코 지정 관광도시로 중세의 모습을 그대로 간직한 톨레도로 이동한다.

톨레도는 1561년 필리프 2세가 마드리드로 수도를 이전하기 전 스페인의 수도였다. 옛 서코트 왕국의 수도였으며, 2000년간 이베리아 반도를 지키던 수많은 왕국의 수도이기도 했다. 역사적으로 톨레도를 점령했던 기독교, 이슬람, 유대교 공동체의 문화적 영향이 한 도시 안에 공존하고 있다. 그래서 세 가지 종교문화가 평화롭게 공존하는 '세

문화의 도시'로 알려져 있다.

톨레도 대성당Toledo Catedral은 이슬람 왕국 시절에는 회교 사원이 있던 곳이다. 1086년 알폰소 6세에 의해 톨레도가 수복되고, 이 회교사원은 가톨릭성당으로 개조된다. 성당 내부의 화려한 조각상과 유명한 종교예술 작품을 보고, 엘그레꼬의 명화가 소장되어 있는 산토 토메 교회Lglesia de Santo tome도 둘러본다.

그리고 꼬마기차 소코트렌Zocotren에 탑승하여 톨레도 구시가지 전경을 관광한다. 미라도르 전망대Mirador del Valle에서 본 톨레도 시가지 모습은 바로 내 눈앞에 중세시대가 재현된다.

드디어 마드리드 관광이 시작된다.

스페인 수도 마드리드는 마드리드 주 이베리아 반도의 정중앙으로, 유럽의 수도 중 가장 높은 곳에 위치하고 있다. 인구는 6,617,513명**, 면적은605.77㎢이다. 스페인 최대 도시이며 문화예술과 산업의 중심지이다. 프랑코 시대 이후 이 도시를 포함한 주변 지역이 새 행정구역상 한 지방이 되었고 그 이름은 마드리드로 명명되었다.

스페인에서 가장 많은 관람객이 찾는 국립 프라도미술관Museo del Prado은 세계적으로 손꼽히는 곳이다.

1819년에 개관했는데 12세기부터 19세기 초까지의 유럽 작품들을 주로 전시하고 있다. 중심이 되는 것은 스페인 왕실이 15세기부터 수집한 회화와 조각 컬렉션이다. 이 미술관에서 가장 알려진 작품은 벨라스케스의 '시녀들'이다.

세계적으로 손꼽히는 미술관에서 원도 한도 없이 원화를 눈이 아프게 본다는 것은 얼마나 대단한 일인가.

여행 후, '명화감상' 수업의 강사는 스페인 대표화가 프란시스 고야가 늙은 여자를 혐오했다며 추한 여자 노인 그림을 보여준다. 프라도미술관에서 본 고야 그림에 대한 경외감과 썰렁함이 오버랩 되는 건 무엇인지.

스페인 광장을 관광하고, 마드리드 번화가인 그란비아 거리에서 마드리드 인증 샷도 잊지 않는다.

다음 날 일정은 마드리드/사라고사다.

오전에는 마지막 마드리드 시내 관광을 한 뒤, 고야의 고향인 아라곤 왕국의 수도 사라고사로 이동한다.

사라고사에서는 필라르 대성당과 광장을 관광한다.

이 성당은 고야 특유의 생생한 화풍으로 된 천장벽화가 그려져 있다.

다음 날과 그 다음 날은 이번 여행의 하이라이트라고 할 수 있는 몬세라트와 바르셀로나 일정이다.

톱으로 자른 산 모양의 몬세라트 정상에 있는 베네딕트 수도원에 갈 때는 비가 내려 흐린 시야가 아쉽다. 다음에 또 올 기회가 있으면 좋으련만.

우리가 여행할 무렵 바르셀로나 시가지가 정치적 데모군중 때문에 폐쇄되었다는 뉴스가 떴다. 시내 관광은 불가능할 것으로 체념할 수밖에 없었는데, 운 좋게도 스페인의 세계적인 건축가 안토니 가우디***의 자취를 간직한 바르셀로나까지 관광할 수가 있었다.

사그라다 파밀리아Sagrada Familia는 천재적인 건축가 가우디가 설계한 로마 가톨릭 성당 건축물이다.

사그라다 파밀리아는 성 가족이라는 뜻으로 예수, 마리아, 요셉을 뜻한다. 원래는 가우디의 스승인 비야르가 설계와 건축을 맡아 1882년 착공했으나, 1883년부터는 가우디가 맡아 일부를 완성했다. 건물자금은 기부금만으로 충당하여 진행되었으며 네오고딕 양식이다.

가우디 최후의 작품으로 현재 공사가 진행 중이며 2026년 완공될 예정이다. 가우디의 작품은 당대보다는 세월이 지날수록 더 높은 평가를 받는다.

구엘공원Guell Park은 바르셀로나 교외 언덕에 있는데,

원래는 이상적인 전원도시를 만들 목적으로 설계된 곳이다.

가우디의 경제적 후원자 구엘 백작이 평소 동경하던 영국의 전원도시를 모델로 했다. 가우디 특유의 형형색색의 모자이크로 장식된 건물이 자연과 어우러져 신비로운 분위기를 연출한다. 1922년 바르셀로나 시의회가 이 땅을 사들여 시영공원으로 바꾸었다. 이 공원은 1984년에 유네스코 문화유산으로 등록되었다.

지중해가 내려다보이는 언덕에 위치한 가우디 설계의 구엘 공원에는 과거 가우디가 살았고 현재는 기념박물관으로 쓰이는 건물이 있다.

나는 햇볕이 환한 구엘 공원에 앉아 지중해를 바라보며 엄마를 생각한다.

비록 함께 여행하진 못했지만, 건축의 성자 가우디와 그의 후원자 구엘 백작에 관해서는 꼭 긴 이야기를 해드리고 싶다.

* Miguel de Cervantes(1547~1616) 스페인의 작가

** 다음백과, 2020년 추계

*** Antoni Gaudí I Cornet(1852~1926) 스페인 카탈루냐 지역 출신 건축가

**** 노랑풍선/여행박사 『스페인·포르투갈 여행안내』 참고

사라고사의 필라르 대 성모성당

프라도미술관 앞 고야 동상

마드리드 상징인 곰과 마드로뇨 나무 동상

코르도바 메스키다 사원에서

푸에르토 라피세의 돈키호테 동상

톨레도 구 시가지를 배경으로

몬세라트 수도원

죽기 전에 꼭 가야 할 세계적 명소에 몬세라트 수도원 Montserrat Monastery이 들어있다.

스페인 카탈루냐에 위치한 몬세라트 산은 카탈루냐어로 톱니 모양의 산이라는 뜻이다.

이 산은 자연 보호 구역으로 지정되어 있으며 스펙터클한 바위투성이 풍경을 감상할 수 있는 산책로가 많다. 스페인이나 포르투갈 같은 남유럽 관광을 한 사람들이라면 반드시 들르는 곳이기도 하다.

천재건축가 가우디가 설계에 영감을 받은 기암괴석으로 이루어진 바위산은 하늘을 찌를 듯 서서, 바르셀로나 뒤로 펼쳐진 평원을 압도하듯 굽어보고 있다.

이 바위산에 있는 몬세라트 수도원은 우선 경외감을 불러일으킨다.

9세기에 한 무리의 목동 아이들이 몬세라트 산 하늘에서 빛이 내려오는 기적을 목격한 것을 시작으로, 훗날 11세기에 올리바 수도원장이 이곳에 작은 수도원을 세웠다.

1811년 프랑스 나폴레옹 군대에 의해 수도원의 상당한 부분이 파손되었고, 수도사들도 처참한 죽음을 당했다. 현재의 수도원은 19세기 중반에 재건되었고, 그 외의 다른 건물은 비교적 최근에 새로 만들어졌다.

매년 300만 명이 방문하는 장소이며 세계 4대 기독교 성지 중 하나이다. 지금은 베네딕토 수도회의 수도원으로 약 80명의 수도사들이 거주하고 있다.

이 수도원의 가장 중요한 바실리카 대성당에서는, 13세기 세계 최초로 만들어졌으며 세계 3대 소년 합창단으로 손꼽히는 에스콜라니아 소년 성가대를 만날 수 있다. 그리고 카탈루냐의 수호성인인 검은 성모상도 만날 수 있다.

나무로 만들어진 검은 성모 마리아상인 '라모레네타'는 특이하게도 검은 피부를 가지고 있으며, 치유의 능력이 있다고 전해지고 있다. 이 성모상을 보기 위한 순례자들의 발길도 끊이지 않고 있다.

우리가 도착한 날은 흐린 하늘에 비가 내리는 날씨다.

관광객이 너무 많아 제한된 시간에 검은 성모님을 실제로 보는 것은 포기할 수밖에 없어, 대안으로 기념품상점에 들러 조각품을 산다.

한참 가게 안의 다른 기념품을 구경하다가 사고 싶은 기념품이 더 생겨 지갑을 찾으니, 가방 속에 지갑이 보이지 않는다.

아무리 뒤져봐도 지갑은 없다.

아뿔사! 여권과 지폐 등 귀중품이 송두리째 든 지갑을 잃어버린 것이다.

여권까지 잃었으니, 언어소통부터 문제가 되는 이곳에서의 낭패를 생각하니 눈앞이 캄캄하다.

해외여행에 대한 갈망과는 상관없이 계속된 불면이 나의 정신력을 저하시켰나 보다. 몬세라트 산의 수도원을 찾는 관광객을 위한 작은 기념품 가게는 인산인해로 혼잡하기 짝이 없다.

언제부턴가 7세 연하의 여동생은 내 해외여행의 동반자다. 우선 동생에게 이 낭패한 사실을 알린다. 그렇잖아도 동생은 제법 길었던 자유 시간 동안 그 가게 속에서 내 주변을 맴돌고 있었단다.

각자가 산 기념품을 계산하려는 손님들 대열로 북적이는 계산대 멀리서, 언니 지갑과 비슷한 지갑을 언뜻 본 것 같다고 하지 않는가.

우리 자매는 우여곡절 끝에, 잃어버린 것이 분명할 그 지갑을 온갖 세계인이 다 모인 혼잡한 군중 속에서, 부족한 언어소통으로 간신히 다시 찾을 수 있었다.

그 순간 나의 뇌리를 스치는 생각.

'아, 검은 얼굴의 성모여, 미사참배도 못한 우리 자매를 위해 엄마를 대신해 기적을 주셨네요!'

엄마, 엄마 나의 엄마!

엄마도 우리 자매와 함께 여기 몬세라트 수도원까지 오셨군요.

검은 성모상

다시 찾은 지갑

몬세라트산을 배경으로

어머니 5주기

만추!

엄마 5주기의 늦가을이 유난히 부각되는 것은 세월 탓인가.

엄마가 세상을 떠나시던 해는 계절이 어디에 서 있는지 관심 가질 여유도 없었는데.

연례행사가 된지 다섯 번째, 서울 가족은 고향을 향한 귀성으로 부산하다. 시니어가 된 엄마의 네 자녀와는 다르게 손주들은 바쁜 일상 스케줄을 조절하느라 안간힘을 쓴다.

단풍을 찾는 여행객으로 체증을 이루는 경부고속도로를 승용차로 귀향하니, 편도 3시간 30여 분이면 충분한 거리가 장장 8시간이 소요된다.

제사상을 준비 중인 장남 집에 도착한 것은 어두운 밤이었다. 작년과는 다르게 부쩍 커 뛰어 다니는 엄마 증손주들 때문에, 멀리 호수가 아름다운 야경의 거실이 좁게 느껴진다.

제주도까지 출장 갔던 엄마 외손자와 그의 처는 남은 휴가도 반납하고, 김해공항을 통해 비슷한 시간에 도착한다. 같은 서울에 살아도 얼굴 보는 것이 힘든데 고향 가족과의 상면은 정말 귀한 기회이다.

큰올케, 막내 올케, 이제 그들의 며느리는 물론 온 가족 정성으로 이루어진 제사를 지내면서, 나더러 단독으로 엄마께 술잔을 올리고 절을 하란다.

담담하던 내 마음에 왜 또 성큼 눈물이 지나가는 걸가.

나와 엄마의 이별은 때로는 짧게, 때로는 길게 현실감을 갖지 못한 채 엉거주춤 여기까지 왔다. 그래도 5주기란 세월은 금방 10주기가 될 것이란 무게감과 함께, 내가 서 있는 자리를 새삼 돌아보게 한다.

모처럼 만난 가족 간의 풍성한 대화로 밤이 깊어서야 서울 가족은 숙소인 막내 동생 집으로 건너간다. 다행히 다음 날이 휴일이라 정성스레 차린 막내 올케의 상차림과 캔

맥주로 구수한 이야기판이 벌어진다.

가족 간에도 이렇게 수십 년을 쌓아 온 사연들이 있었나.

새벽을 향하는 시간 때문에 한 사람 두 사람 먼저 잠자리로 들어가고, 마지막까지 남은 나와 막내 동생, 엄마의 외손자, 친손자. 가족모임에서 헤게모니hegemony를 쥐던 나나 동생은 이제 주니어인 엄마 손주 세대의 이야기를 경청한다.

21세기 세계는 지금 한국만 해도 빠르다 못해 날고 있는 것을. 아침 신문에는 "광화문에서 강남역까지 5분… '도심형 에어카〈PAV·Private Air Vehicle〉' 시대 온다"는 기사*가 주먹만 하게 보도되고 있다.

방과 후, 할머니 집 냉장고에 있는 아이스크림을 먹기 위해 한여름 뙤약볕을 마다않고 찾아오던 꼬마 친손자. 그는 중장비 기업체 직원으로 한국 미래를 걱정하는 신세대로서, 6개월 된 딸을 가진 어엿한 가장이 되었다.

오랜 유학생활에서 귀국한 외손자는 한국 굴지의 기업 연구소에서 중견사원으로 정체감을 찾느라 고심 중이다. 내가 자동차 운전을 배울 때 조수석을 지키던 초딩의 그는 공학 프로젝트를 수행하는 고급 엔지니어가 된 것이다.

우리 네 사람 화제는 다양한 분야로 무궁무진하게 펼쳐지는 것이 짧은 밤을 꼴딱 밝힐 기세다. 한때 몹시 매료되었던 아르헨티나 출생 영원한 혁명가 체 게바라**에 관해서는, 세대를 건너 서로의 지식과 감동을 나눌 수 있는 것이 신기하다.

아침의 산소 참배와 귀경 때문에 아쉬운 엔딩을 할 수밖에 없는 대화의 합일점은 결국 인문학이다.

늦은 아침 성묘에서 엄마를 뵙고, 상경하는 체증 속의 고속도로에서 우리는 엄마 6주기 준비를 시작한다.

엄마! 또 곧 뵐게요~~

* 조선일보, 2019.11.22, A41

** Che Guevara(1928~1967)

어머니 별세하신 새벽

밤새 불면으로 뒤척이다 딱 멈춘 시간
11월 26일 새벽 3시 32분

서울 삼성병원에 입원하신 엄마 주치의가
사망을 선고하던 11월 26일 새벽 3시 32분!

5년이 지난 뒤
엄마는 안 계시고
나는 그때나 지금이나 똑같이 살아서 숨 쉬고 있다
달라졌다면
내 눈 밑에 주름살이 더 많아졌고 흰머리가 눈에 띄게

늘었다

엄마는 5년 전 그 순간부터 한 번도 만날 수가 없다
꿈에서도 좀체 만날 수가 없다

엄마가 많이 그립고 보고 싶은데
엄마는 안 그런지, 왜 안 오시는지 모르겠다

새날의 이런저런 일상을 위해
눈을 붙여 보려고 안간힘을 쓰는데도
불면으로 뒤척이게 하더니만 딱 멈추어버린 시간

엄마는 5년 전 그 순간
하늘의 영롱한 별이 되셔 나를 지켜보고 계신다

하늘나라

엄마 하늘나라 가신 뒤
왜 순간순간 엄마가 살아계시는 것으로 느껴지는 걸까
아, 나는 영원한 아이
하늘나라로 갈 미성未成

비 온 뒤

무 제

내 가슴 속
저 깊은 곳 응어리
그것이 슬픔인지
그리움인지
사랑인지
나도 몰라

분명한 것은
엄마를 향한 것이란 거!

물에 비친 밤 고층 아파트

꿈에

월급만큼 값비싼 외투 샀다고 여동생을 꾸짖은 밤
엄마 안 계신 이 세상
어느새 내 유일한 보호자 된 그이

선뜻 사 줄 수 있으면 좋으련만
저녁 내도록 마음 켕기다 든 잠

꿈속에 만난 엄마
사지死地에 빠진 엄마 구원하러 사방팔방 뛰다가 달려갔더니
엄마는 이미 가사假死 상태

소생시키려 필사의 힘을 다해 보지만
엄마는 깨어나질 않으셔
꿈이었구나!
아, 그리운 엄마

이세상에서 가장 사랑하는 피붙이 여동생

미안하다
미안하다~

크리스마스

엄마를 찾아 헤매다
비몽사몽 그리움에 지쳐
아침잠에서 깨어난다

엄마 병
지독한 엄마 병
내가 살아가는 화두

"김 교수야, 네가 슬프면 엄마도 슬프단다"

엄마가 그립고 보고 싶은 것도 죄가 되나요?

– 크리스마스, 이른 아침에

테헤란로에서 Ⅱ

새로운 것보다는 오래 익숙한 것을 품고 사는 나.

며칠 남은 올해의 세월 앞에서 세모의 정이 무언지 서성거리고 섰다.

엄마 가신 뒤, 같이 이 세상 너머까지 따라갈 듯 울고불고 가슴이 찢어지더니. 이제 담담하게 뜨거운 커피 한잔과 마주한다.

테헤란로의 메인도로가 보이는 커피하우스 넓은 창 밖.

회색 대기 속 달리는 자동차와 사람들은 무심하다.

작년 이맘 때 이곳에서 커피를 마시며 무슨 생각을 했는지 흐릿한데, 내년 이맘때도 여전히 이곳을 찾을 수 있을까.

과거는 항상 아쉬움과 그리움으로 애틋하고, 현재는 황망

하여 정신이 없는 채 미래는 불투명하다. 존경하는 지인 말씀은 생은 만남으로 이루어지고 결국 사랑만이 남는단다.

곧 새로운 생각으로 지금의 화두는 희석되겠지. 나의 사유세계는 엄마에 대한 그리움 빼고는 모든 것은 한시적이다. 내가 이 세상 떠나는 날엔 엄마에 대한 그리움도 깡그리 가져가겠지.

전장의 병사가 죽어가는 순간에 신음같이 내뱉는 마지막 외마디가 엄마라지 않았나. 대학 적 절친이었던 친구가 세상 떠나는 남편이 마지막 찾던 사람이 엄마라 했다. 온 가족의 불같은 반대를 무릎 쓰고 단칸방 신혼살림을 고수했던 순애보를 알기에 그녀의 내심이 궁금하다. 내 엄마 역시 마지막 가시는 폐렴의 고통 속에서 엄마를 찾으셨다.

인류의 지속은 모성이란 대주제로 이루어졌기에, 세기의 대문호 괴테도 그의 역작 『파우스트』에서 영원히 여성적인 것이 우리를 이끈다고 한다.

페미니즘이 퇴색하고 미투 운동이 지구촌을 들썩거리게 한 것이 엊그제인데, 무슨 얘기냐고 반문하는 사람도 있겠지.

영원을 찾는 거 자체가 모순이리라.

이제 한해를 보낼 만반의 준비를 하는 거다.

아직 3일이나 남았다. 시간은 충분하다.

21세기 돈키호테가 되어 호기를 부려 봐야지.

그리고는 새해에 고향에서 만날 엄마를 위한 그리움을 응축시키기로 하자.

그리움이 아름답게 승화되어 메마른 겨울 산소 주변을 화사하게 만들도록 하자.

엄마, 내년 연말에도 이곳에서 '엄마에의 그리움'을 띄울 수 있는 건강을 허락하소서.

테헤란로에서

보 석

생전에 엄마는 보석 치장은 물론 화장도 하지 않으셨다.

연로하셔서는 가끔 가족이 기념일에 선물한 보석 반지나 목걸이를 하고 다니시며 마음 속으론 자랑스러워하셨다.

화장도 분을 바르는 것은 본 적이 없고 립스틱은 특별한 날 간혹 옅게 바르셨다.

엄마 별세 후 마지막 뵌 얼굴은 꽤 진하게 화장을 하셔, 화사하다 못해 평소 엄마와는 다른 모습이라 생소하기까지 했다. 장례절차에 의한 장의사 분장술로 변모하신 거다.

엄마 유품은 모두 내 차지가 되어 스스로 마련하기엔 값비싼 보석 장신구도 있지만, 착용하는 경우는 많지 않다.

여동생도, 나도 젊은 시절 엄마를 그대로 닮아 장신구엔 관심이 없다. 여성 장식의 필수품인 목걸이, 귀걸이, 반지를 착용하는 적도 드물다. 가족력이 그런 것도 관련이 되나 싶지만, 같이 생활하다 보니 닮게 되는 것 같다.

어릴 적 읽은 도덕 교과서 속 이야기다.

동네 부인들이 모여 서로 가진 보석 자랑을 하고 있는데 유독 한 여자만 말이 없다. 한참 부산을 떠는 여자들이 모두 지켜보는 중에, 조용히 밖으로 나간 그녀는 자녀를 데리고 들어와, 자기의 가장 소중한 보석이라고 소개한다.

요즘 세태에 어울리지 않는 꼰대 같은 얘기일가. 나 역시 그런 상황에서는 하나 밖에 없는 여동생을 데리고 들어 갈 것이다.

살아 온 고향을 등지고 60대의 적지 않은 나이에, 대한민국의 아성 같은 서울로 이사를 한 것도 오직 그녀 때문이다. 지인들은 놀라워하다 못해 이해가 안 된단다. 자기들은 자녀가 사는 서울로 수십 년 살던 거주지를 생업까지 포기해가며 미련 없이 떠나오면서. 여동생이 자식에 대입되는 독신의 입장이 이해가 안 되는 것이다.

어느 일요일.

여동생은 나를 백화점으로 데리고 간다.

평소에도 집에서 가까워 특별한 일 없이도 동반외출을 하는 터라 대수롭지 않게 생각했다.

무조건 우리가 잘 가는 의상코너로 가더니, 겨울 니트 투피스를 몇 벌 골라서 입어보라고 권한다. 결국 한 가지로 낙점을 하더니만 무조건 사란다. 만만치 않은 가격에 망설이는 내게, 며칠 전 결혼식 가는 옷차림이 초라해서 이미 작정하고 왔단다.

나보다 한참 연하인 그녀는 진즉에 내 보호자인 동시에 매니저 역할까지 한다. 독신인 나에 비함, 가족을 거느리고 직장까지 가진 터에 깔끔한 성격 탓으로 항상 바쁘게 산다.

친구가 '나이 많은 애 하나 더 건사하느라고 너의 동생 바쁘겠다!'는 말이 예사롭게 들리지 않더니만. 전혀 내가 생각하지 않은 것까지 사려 하고 있는 그녀가 꼭 생전의 엄마같이 느껴지는 사건이다.

매슬로우*는 인간의 기본욕구로 '소속감의 욕구belongingness needs'를 주장한다. 마음의 구심점을 가지고 살아가는 인간의 모습을 학설로 표현한 것이다. 체호프**는 『귀여운 여인』이란 단편에서 세 번이나 바뀌는 남편에 의

지해 살다가, 마지막엔 자녀에게 'belong to' 하는 모습을 예리한 예술적 감각으로 표현한다.

뭐, 그게 대단하냐.

지금 여기, 한반도 수도 서울의 한 귀퉁이에서 호흡하고 있는 나 자신의 모습인 것을.

내겐 돌아가신 엄마가 하늘에서 지켜주시듯이, 바로 지척엔 세상에 하나 밖에 없는 여동생이 보석이 되어 나를 지켜주고 있다.

나는 귀여운 여자다.

나는 행복한 여자다.

* A. H. Maslow(1908~1970). 미국 인본주의 심리학자.

** A. P. Chekhov(1861~1904). 러시아 소설가.

바 람

엄마
나 바람인가 봐요

누가 그러더군요
…이 세상 와서 살만하니
이제 떠나야 한다고요

다시 새해가 오고
춥지 않은 올 겨울
아직은 한참 남았지만

어제 백화점 들르니
벌써 봄 옷이대요

엄마, 나 바람인가 봐요
항상 이 세상 떠날 준비하고 사니까요

"얘야, 씩씩하게 살아야지!"

설 귀향

고향 산소서 엄마 만나고 오후 5시 45분 KTX로 귀경.

기차 창밖으론 대지에 어둠이 내리는 시간.

옛날에 참 많이도 이 길을 왕복했는데.

청운의 뜻을 품고 갈래머리 여고 졸업반으로, 대입을 위해 '아이디얼 미싱'이란 네온사인 광고가 어둠속에서 명멸하는 서울역 광장 진입.

그것은 시작에 불과.

대학 4년간 서울까지 천 리 길을 유학하던 세월에다, 편도에만도 10시간을 넘는 긴 야간열차 통학의 주경야독 대학원 시절.

기차는 추억과 회한과 그리움을 싣고 달린다.

마음은 10대 소녀와 연정을 나누는 노년의 대문호 괴테를 조금이라도 닮고 싶은데 현실은 그렇지 못하다.

살아온 날들보다 살아갈 날이 짧을 나는 자아실현에 의한 '극 경험peak expereance'*에 전율하던 청춘의 세월을 지나왔다.

내가 할 수 있는 일이 무엇인지, 나를 감동시킬 수 있는 일이 무엇인지 새삼 고심하지 않으면 안 된다.

서울역 늦은 밤 모습

세월은 계속 흐른다.

사노라면 5분, 10분 짧은 순간 초초함도 감당치 못해 쩔쩔매기도 하지만, 시간은 과녁을 떠난 화살처럼 순식간에 휘익 지나가버린다.

지금 달리는 기차도 벌써 출발지를 한참이나 떠나왔다.

새벽 귀향길.

고속버스 휴게소에서.

엄마를 부르는 꼬마를 부러워하며, 내겐 부를 수 있는 엄마가 지상에 안 계시는 참담한 현실을 절감했다.

새해 설날, 엄마 세배 받으셔요!

* 미국 심리학자 매슬로우가 주장하는 자아실현 최고 단계의 경지

눈발 휘날리는 입춘날 밤

엄마, 오늘이 입춘이라는데 무지 춥습니다.

이사 나와 비어 있는 집의 수도 점검하러 가는 어둔 밤길, 눈이 오네요.

신종 코로나 바이러스로 온 지구촌이 북새통이 되어 사망자가 벌써 300명도 훨씬 넘어 섰고, 한국에도 16명의 확진자가 나왔대요.

오래 전에 미래세계는 세균전 시대가 될 것이라는 글을 보았지요.

사스나 메르스 때문에 일상의 혼동을 겪은 지 얼마 되지도 않았는데. 이상 난동의 겨울이 가는 입춘날 밤에 눈이 날린다고 별 이상할 것도 없지요. 새해 벽두에 일어나는 지구촌 바이러스 전쟁에 비하면요.

왜 눈 내리는 밤 늦은 길을 걸으며 '내일 없는 그날' 같은 암담한 세월을 생각하는지 자신이 처량하다 못해 가엾네요. 스스로에게 한없는 연민의 정을 가지고 어두운 눈길을 걸어갑니다.

시시때때로 보는 거실의 엄마 사진은 오늘따라 서글픈 미소로 저를 지켜보는 것 같아요.

신축 아파트에 이사한지 16일째.

이사 첫날 몹시도 엄마가 그리웠지요. 왜 여기에 나 혼자 살아야 하는지 어린애 같은 질문을 스스로에게 던져보면서요.

30년도 넘은 복도식 아파트를 탈피하여 최첨단 인공지능 시스템으로 탈바꿈된 주거공간. 그렇게도 열망했던 결과가 현실이 되었는데 얼마나 기쁘겠냐고요? 모든 일은 열망 그 자체로 충분히 의미 있다는 사실을 새삼 깨닫지요.

그래도 항상 주거공간의 뷰view를 최고 가치로 생각한 탓인지 사통팔달 23층의 조망은 아름답습니다. 거실에서 바로 보이는 대모산 정상도 정겹고, 옆으로 비스듬히 보이는 롯데월드 타워 주변의 야경은 찬란하기까지 하네요. 방

하나, 하나 전부 나름대로 풍광을 가지니 원도 한도 없이 조망을 만끽하면 됩니다.

대학시절부터 애청하던 KBS FM 클래식 음악을 들으며 부엌창의 강남야경과 함께 설거지를 할라치면, '꽤 괜찮은데.' 속내 말을 중얼거려 가면서요.

'이 또한 지나가리니.' 한창 창궐하고 있는 바이러스도 세력을 잃게 되겠지요. 아직은 터널 속이니 어떻게 될지 알 수가 없지만요.

이 밤이 지나면 어김없이 새날이 옵니다.

매일 눈만 뜨면 보는 거실 창밖의 신축아파트 공사 현장처럼, 지금이라도 내 인생을 쌓아 올릴 겁니다.

그간 성실하게 열심히 살아 왔어요.

순간, 순간 선택의 연속 속에서 여기까지 와 서 있다고요.

나름으로 다 소중한 자기 인생이니까요.

내가 사는 아파트의 안과 밖

4

아름다운 신호

정월 대보름달

첼로 독주회 갔다 귀가한 밤
어두운 집 들어서니 거실과 방에 깊숙이 들어 온 달빛

아, 일 년 중에서도 대보름날 달님이구나!

"엄마, 편안히 잘 계시나요?
우리 가족들 잘 보살펴 주세요~"

인공조명등 켜려다가 주춤
바쁜데, 헉!

등불 켜면 달빛이 죽는 것을…

대보름달이 들어온 거실

좋아도 어머니

좋은 일이 생겨도 가장 먼저 떠오르는 엄마

아파트 피트니스 센터 사우나 갔다 집으로 가며
엄마를 생각한다

목욕을 엄청 좋아하신 엄마
매일 동네 목욕탕을 애용하셨지

요즘 신축 아파트엔 피트니스 센터가 있고
그 중 사우나는 필수

매일 자유롭게 이용할 수 있다

엄마, 내일도 함께 사우나 가요!

별과 달 사이

이월이 끝나면 새봄이 시작되는 삼월이다.

목련나무가 푸른 하늘을 배경으로 피어날 봉오리를 수십 가지씩이나 감추고 있건만.

국내외는 코로나19라는 신종 바이러스로 정신이 없다.

중국 우한에서 시작되어 이웃집 불 보듯하던 사태가 이젠 우리나라가 진원지인 듯, 전 세계에서 입국을 거부하는 국가가 점점 늘어난다.

단체는 물론 두세 명이 모여 대화를 나누는 소모임도 비말전염을 우려하여 금기시한다. 매스컴에서는 집에만 있으란다. 인간의 대전제가 사회적 동물인데 자연스럽지 못하다. 한편은 그동안 밀어 놓았던 묵은 일도 새삼스레 시작하니, 집콕족의 노하우도 배워야지.

그래도 집만 나서면 지척에 닿을 수 있는 양재천 산책은 빼지 않는 일과다.

온 지구가 신종 코로나로 몸살을 앓고 있지만 양재천은 신선하다. 아침 산책길은 쌀쌀하기에 공기는 깨끗하다. 불빛이 어둠 속에서 제대로 빛을 발하는 밤 산책길도 아름답다. 올 겨울엔 제대로 눈 구경을 못했는데, 어느 날 휘날리는 흰 눈의 유영과 수목에 쌓인 설경은 귀한 풍광이다.

일상은 일상이다.

내가 이 세상을 떠난 뒤에도 여전히 이어질 일상.

엄마가 떠나신 뒤에도 미동도 없이 이어지던 일상.

드물게 시내에 나가 생필품이라도 살라치면 어느새 땅거미가 진다.

달이 없는 밤에도 별은 뜬다. 어두운 공중에 혼자 매달려 유심히 보지 않으면 찾기가 힘들다.

"날 저무는 하늘에 별이 삼 형제
반짝반짝 정답게 지내이더니
웬일인지 별 하나 보이지 않고
남은 별만 둘이서 눈물 흘리네."

늦은 귀갓길에 뜬 별 하나를 친구하면 유년기 때 즐겨

부르던 동요가 떠오른다.

그래도 그곳엔 별이 둘이나 있는데 혼자 있는 별을 보는 마음은 쓸쓸하다. 차라리 윤동주 시인처럼 「별 헤는 밤」이라도 읊을 수 있게 별이 많으면 좋으련만. 별 하나에 먼저 엄마를 불러볼 수 있게.

아, 오늘 저녁엔 공중의 홀로인 별 밑으로, 한참이나 떨어져 가느다란 쪽박 같은 달까지 떴네. 그믐달 인가 봐.

공중의 별은 엄마, 한참 떨어져 밑에 걸린 달은 나.
별과 달 사이가 엄마와 나의 거리.

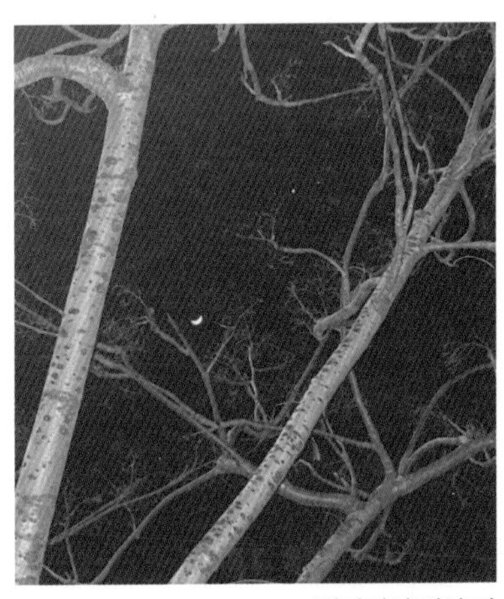

귀갓길의 별과 달

오늘 새벽잠 속에서도

오늘 새벽잠 속에서도 엄마를 그리워하며 헤매다 겨우 잠이 깼다.

새벽 신문은 온통 코로나19 보도다.

국내 현황으로 2020년 3월 1일 오후 11시 30분 기준 확진자 3,736명, 전일대비 586명 증가, 완치 30명, 사망자 22명이다. 그 중 대구와 경북이 87.3%이다. 진원지인 중국은 확진자 79,972명, 완치 42,150명이다.

십자군 전쟁 중의 나이팅게일처럼 21세기 대구와 경북으로 의료진이 자원봉사로 나서고 있는데다, 환자 돌보던 의사가 졸도했다고 주먹 만 한 글자가 지면을 때린다.

병의 진원지를 중국 우한으로 보지 않고 중국에서, 입국

한 우리 교민 탓이라는 얘기도 등장하여 공분을 사고 있다.

원인 탓보다는 지금 현실을 처방하는 것이 능사일 텐데.

서울 시내는 길거리에 보행하는 사람도 드물고, 보인다 해도 전부 마스크로 얼굴을 가린 채 어두운 표정이다.

그래도 봄은 어김없이 오고 있다.

집 근처 학교 담장, 겨울 마른 가지 사이로 얼굴을 내민 노란 영춘화가 나를 보고 빵긋이 웃는다.

"많이 춥지 않은 지난겨울이었지만 고생하셨슈다~"

인사를 전해본다.

고등학교 동기 4명으로 묶인 카카오톡 대화방은 칩거생활이 갑갑하다고 야단이 났다.

그래도 덕분에 미루었던 고전 명화 감상이나 독서 삼매경이란다. 지난밤에는 느닷없이 '그리움'에 관한 시를 올리고 그리움의 정의를 한다고 야단들이다. 삼월 초순의 귀한 만남을 코로나 사태로 무기 연기한 것에 대한 아쉬움이리라.

나도 한 마디 하겠다고 올린 글.

그리움이란 죽는 순간까지 치유될 수 없는 고질병이라고.

"엄마, 맞지요? 엄마를 그리워하는 나의 사모곡은 치유는커녕 내가 살아 있는 한 앓아야 할 고질병이니까요."

"엄마, 코로나19 조심하셔요. 노약자는 걸렸다간 사망까지 이르는 무서운 병이래요. 저도 조심하라고요? 알겠어요!"

영춘화

어머니, 산수유가 피었어요

대학 졸업과 동시에 취업을 희망했지만 현실은 불투명했다.

4년간의 신촌 기숙사 생활을 접고 이불 보퉁이와 함께 무조건 귀향하는 방법 외엔 별도리가 없었다. 윤택하지도 않은 살림에, 4년간 비싼 사립여대 등록금 대느라고 허리가 휘었을 엄마를 생각하면 지금도 가슴이 아프다.

취업은커녕 실업자로 골방 샌님이 된 1년의 유예기간.

대학 기숙사에서 무수한 밤을 밝혀가며 우정을 쌓았던 친구들과는 더 이상 만날 수 없었다. 고향 부산으로 귀향한 친구들과 달리 나 혼자 떨어져, 싱싱했던 캠퍼스에 얽힌 추억을 되새김하는 것으로 족할 수밖에 없었으니.

대학 적 끼고 살던 라디오의 클래식 채널 음악도 쉽게 들을 수 없던 내 고향. 서울까지 가는 교통편이래야 특급 기차를 타도 온 종일이 걸리던 그 시절을 나는 건너왔다.

겨울이 가는가 싶기도 전에 '창경원에 봄의 전령사인 산수유가 피었다'는 라디오의 아나운서 멘트에, 대학생도 사회인도 아닌 20대의 나는 괜히 지나간 시간의 그리움 때문에 봄앓이를 해야만 했다.

그 뒤로 산수유는 봄의 전령사로, 그것도 창경원 산수유는 내 20대의 아련한 그리움과 함께 가슴 밑바닥을 적셔오는 꽃으로 저장되어 있다. 아이러니하게도 그 뒤로 창경원을 몇 번 씩이나 갔지만, 그곳에서 산수유를 본 적은 없다.

요즈음은 산수유하면 언젠가 갔던 구례 산수유마을이 생각난다.

매스컴에서는 그 뒤로 이른 봄소식을 전할 때 한라산 눈을 뚫고 피어난 복수초를 소개하기도 했지만, 산수유만큼 스토리텔링이 되지 않는 것은 순전히 내 개인적인 연유 때문이다.

어제 나간 동네 산책길서 발견한 산수유 꽃이 유난히 반가운 것은 오는 봄이 스산스럽기 때문이다.

전혀 춥지 않던 지난겨울이 낯선데다, 한반도를 강타하

고 있는 코로나19는 지금 절정이다. 매일 500여 명이 넘는 새로운 확진자가 나오고 사망자 역시 계속 증가한다.

이 질병이 어떻게 전개될지는 우리 주변의 누구도 모른다.

학교는 물론 작은 지역사회 활동마저 마비된 채, 2, 3인이 모여 대화하는 소모임 사교도 금지된 것이 한 달도 넘어섰다. 비말전염이 대두되면서 두 사람이 대화하는 것도 신경이 쓰인다.

지금 우리는 어디서 어디로 가고 있는 것일까.

내일은 또 얼마나 많은 확진자와 사망자가 나올까.

엄마, 분명한 것은 올해도 어김없이 양재천변의 산수유가 핀다는 거예요.

산수유

아름다운 신호

'2주간 집콕, 2m 사회적 거리.'

코로나19가 정점에 달했으니 정부가 대한민국 국민들에게 당부한단다.

웬걸, 2주는커녕 벌써 한 달도 훨씬 넘는다. 칩거형으로 집콕을 자처하는 내 라이프 스타일도 인내의 한계를 드러낸다. 두세 사람 만나 차를 마시면서 소소한 이야기도 못하라니. 특별한 이슈가 없어도 매달 만나 살아가는 평범한 일상을 담소하는 모임도 못한다.

방콕인지, 집콕인지 사람을 만나지 못하는 세월이 계속되니 음악도, 책도, TV도, 사색마저 시들해진다. 문득 거울에 비친 생기 없는 자기 얼굴에 놀란다.

코로나19 블루라는 신조어가 생겼다. 늘어나는 확진자와 사망자에 대처하는 의료 인력이 모자라 한반도가 아우성이다. 아니, 지구촌이 아우성이다.

국제적으로, 환자가 많은 우리나라 사람을 입국시키지 않겠다는 국가가 100곳이 넘는다. 어쩌지! 피땀 흘려 후진국서 중진국으로, 더 하여 선진국으로 격상시킨 우리의 노력이 일순간에 거품이 되는 국제적 왕따가 되는 건 아닐까.

오늘 마스크를 사기 위해 서울 강남 대로변 사거리 약국 앞에 줄을 섰다. 매스컴을 통해 익히 보던 풍경 속에 내가 들어간 것이다. 구불구불, 약국 앞의 대로 옆으로 붙어 선 사람들이 삼월은 물론 사월, 오월, 유월까지 이 재앙이 계속될 거라고 쑥덕거린다.

'이런 상황을 어디서 봤더라?'

'그렇지!'

문득 떠오른 유년의 기억.

동네사람들이 수돗물을 받기 위해, 새벽부터 골목길 따라 구불구불 줄을 길게 늘어서서 한참을 기다려 물을 받아가던 일이다. 아무 부족함 없이 생수는 물론 원하면 샤워도 마음껏 할 수 있는 지금은 상상이 안 되지만, 앞으로 물 부족 시대가 닥칠 것이라는 지구촌 위기도 이미 예고되어 있다.

한참을 기다려 KF94라는 인증마크가 찍힌 마스크 2장을 주민증을 제시하고, 3,000원을 내고는 감지덕지 소중하게 받아 간직한 채 집으로 향한다.

지금 이 상황은 도대체 뭘까.

어느 서양사학과 교수는 인류 역사에 가장 큰 공포를 각인한 전염병으로, 14세기 유라시아 대륙을 강타한 페스트를 들고 있다. 어디 그뿐이랴. 알베르 카뮈*가 1947년에 발표한 『페스트』가 유럽에서 가장 바이러스 피해가 큰 이탈리아에서 새삼스레 베스트셀러로 뜨고 있다. 카뮈는 소설을 통해 전염병 장기화로 인한 개인의 영혼 황폐를 우려한다.

이 와중에도 매일 직장을 나가는 여동생은 혼자 있는 언니를 위해, 퇴근하면 꼭 내가 사는 집에 들렀다가 자기 집으로 간다.

"언니야, 코로나 걸리면 안 돼! 당신은 코로나보다 자가격리에서 오는 우울증을 더 못 견뎌 할 거야."

떠오르는 태양과 함께 하루를 시작하여 밀린 일 하다 보면, 오전 근무를 끝내고 퇴근하는 동생을 만나는 시간이 된다. 매일 만나기에 할 이야기가 더 많다.

늦은 오후를 함께 걸어서 우리 집서 십 여분 거리에 있는 동생 집 아파트 엘리베이터 앞에 닿는다. 엘리베이트가 1층에 닿으면 문이 열리면서 손을 흔드는 동생을 태운다.

조금 있으면, 아파트 마당에 서 있는 내 시야에 13층 집 앞 복도에 서 있는 동생의 상체가 보인다.

우리는 이때 또 한 번 하루의 헤어짐을 두고 서로 손을 흔든다.

넓은 벌판을 달리는 기차가 지나갈 때마다, 혼자서 손을 흔들어 주는 소녀가 있다. 빠지지 않고 기차가 지나가는 시간에는 반드시 나타나, 손을 흔드는 소녀를 기관사들은 '아름다운 신호'라고 부른다. 1년이 지난 어느 날부터 그 소녀가 보이지 않게 되자 기관사들은 그 이유를 알아보게 된다. 그 연유가 병이었지만, 가난하여 병원도 못 가는 그 소녀를 기관사들은 큰 병원으로 데려가 고쳐 준다는, 따뜻하고 멋진 이야기가 있다.

엄마, 제가 초등학교 때 교과서에서 읽은 글이에요. 두

딸인 자매가 매일 두 번씩 손을 흔들며 헤어지는 거, '아름다운 신호'라고 생각하시지요.

* Albert Camus(1913~1960), 프랑스 소설가

버스정류장에서

드디어 WHO 수장이 코로나19 사태를 팬데믹으로 선언한다.

미국 CNN보다 한발 늦게.

한국도 중국에 이어 확진자 2위라는 오명에다, 수도권 확산으로 구로콜센터 관련 확진자가 100명이 넘는단다.

'사회적 거리두기' 캠페인 때문에 지인과 단절한 세월이 40일을 넘어섰다.

매일의 일과인 하루 만보 걷기를 위해 집 나서 바람 부는 영동대로를 따라 걷다가, 오르막길이 힘들어 버스정류장에 잠시 앉는다.

무심한 버스가 갔다가 왔다가 몇 사람을 내리고 또 태워 간다.

간혹 지나가는 행인들은 모두 마스크를 쓰고 있다.

꼭 SF소설에 등장하는 백의종군 무사들처럼.

대한민국 서울은 신종 코로나바이러스와 오는 봄으로 스산하다.

봄바람 속에도 코로나 바이러스가 숨어 있을라나.

앉은 의자 밑이 따뜻하다.

시간이, 세월이 쉬지 않고 흘러간다.

그리움도, 서글픔도, 비참함도, 그 무엇도 없이 무심하게 이 글을 적는 나는 얼마 안 가서 이곳을 떠날 것이다.

어느 의대 교수가 자신을 위해, 우리 모두를 위해 한 이야기인즉슨 '바이러스는 결코 인간을 이기지는 못합니다'를 마음속에 되풀이하면서.

언제가 될지는 모르지만 이 사태가 종식되면, 언제 그랬느냐며 과거 속에 묻어버리고선 평범한 일상으로 돌아가겠지.

천상에 계신 엄마, 내 가족과 이웃에 피해 없도록 해 주세요!

코로나19

양재천변 작은 보라색 풀꽃.

작년과 같은 자리에 다시 피어나 내게 인사를 건넨다.

아직도 얼굴에 닿는 바람은 차다.

그래도 봄볕은 따사롭다.

산책 나온 할머니가 데리고 온 꼬마 남자애가 산책로를 덮은 벚꽃 잎을 밟지 못해 걸음을 멈추고 비명을 지른다.

할머니가 '아가야, 꽃잎이야! 밟고 걸어도 된단다' 하시며 웃는다.

저 아기가 성장하면 지금의 낙화를 기억하지 못하겠지.

사월이 코로나19와 함께 시작된다.

삼월에 귀향하여 가려던 성묘가 코로나19 때문에 미루어진다.

사월에는 엄마 만나기를 기원하면서!

양재천의 봄

사월

계절은 사월 중순에 잠간 멈춰 섰다.

봄꽃이 피었다가 떨어진 자리에 아기 살결 같은 보드라운 연녹색 새잎이 돋아나고 있다.

새들은 아침부터 날개를 푸드득 거리며 이 나무에서 저 나무로 옮겨 다니며 노래하느라 분주하다.

사회적 거리두기 75일.

'집콕병'을 케어하기 위해 나온 양재천은 봄바람치곤 좀 센 바람이 불고 있다.

미국 플로리다에선 토네이도 피해가 크단다.

우주의 한 행성 작은 지구별 바람 잘 날 없다.

산책 도중 작은 벤치에 앉은 나의 상념.

낡은 수첩을 열심히 뒤적이며 그리운 사람을 생각한다.

그래, 지상이 아닌 천상에 계시지만, 엄마에게 이 봄날의 아름다움을 띄어 보내기로 하자.

엄마, 봄이에요.

봄날 중에서도 아름다운 봄, 사월이에요.

추억의 옛 가수 펫 분Pat Boone이 바로 곁에서 '에이프릴 러브April Love'를 스윗sweet한 목소리로 노래를 부르네요.

사월의 사랑은 당신의 소망을 위한 수많은 별이 되어 반짝인다고요.

엄마, 보이고 들리시죠.

그리운 이여, 오늘은 여기서 안녕.

브루흐의 바이올린 곡을 들으며

집으로 걸어서 돌아가는 길.

근처 백화점에 쇼핑하러 나왔다가 정문을 나서니 어느새 시가지엔 땅거미가 확 내려 앉는다. 까만 어둠 속 바쁜 사람들과 불빛을 밝히며 달리는 자동차로 거리는 가득하다. 나 역시 그들 군중 속의 한 사람이 된다.

코로나19의 사회적 거리두기 3개월째. 거리의 인파가 서서히 많아지기 시작한다.

이제는 더 이상 나를 기다려 주는 엄마가 계시지 않는 빈집을 향해, 혼자서 강남의 대로 옆 인도를 걸어서 집으로 간다.

일상 같은 이런 순간에 갑자기 외로움이 밀려온다. '이런 때는 친구가 핸드폰에 보내 준 음악을 듣는 거야. 내가 좋아했던 독일 작곡가 막스 브루흐*의 바이올린 협주곡 1번으로.'

수십 년 전 이 곡에 심취했던 기억이 떠오른다.

흐린 하늘이 대학 기숙사방 정면 통유리를 가득 채우는 날. 그런 날은 꼭 우수에 가득 찬 로맨틱하면서도 낭만적 정서가 넘치는 브루흐를 들어야만 했으니까. 그의 스코틀랜드 환상곡도 빠질 수는 없었지.

그 시절엔 잠을 자지 않아도 밥을 먹지 않아도 이런 음악만 들으며 살 수 있을 것 같았다. 생각해 보면 그것은 젊음의 깨끗한 정열이었고, 약간은 무모한 취기도 있었던 것 같다.

지금 역시 브루흐의 바이올린 선율은 위안이다.

대로를 지나 강남의 끝자락에 있는 우리 집을 향해 걸어가는 내게 독일의 대작곡가가 대화를 걸어온다.

영동5교를 지나 얼마 안 가면 내가 사는 아파트에 닿는다.

계속 브루흐를 들으며 걷노라니 더 이상 외롭지 않다.

엄마, 안심하세요.

나름 잘 대처하며 살고 있다고요.
나를 기다리는 집, 따뜻한 방이 있으니까요.

* Max Bruch(1838~1920) 독일의 낭만주의 작곡가

귀갓길

꽃이 진다

사월이 가고 있다.

코로나19로 온 지구촌이 쑥대밭이 된 겨울을 지나 꽃피는 삼월을 건너더니만 사월도 마지막 날이다.

코로나 속에서도 봄은 오고, 라일락도 피어나고. 뭐가 달라졌나. 내일이면 계절의 여왕이란 오월인데도, 길거리의 마스크를 쓴 행인들이 벌써 오는 가을의 '포스트post 코로나'를 감추고 있다.

미국의 블룸버그 통신*은 세계 제2차 대전을 종식시킨 원자폭탄을 만들어낸 '맨해튼 프로젝트'를 코로나백신 개발을 위해, 78년 만에 다시 가동한다고 보도한다. 성공하면 올해 말로 바이러스 극복을 앞당길 수 있단다.

바이러스가 이기느냐 인간이 이기느냐.

지나친 비관론도 문제지만 지나친 낙관론도 문제다.

100일이 넘는 코로나사태로 손 씻기, 마스크 쓰기, 사회적 거리두기는 일상이 되었다. 모처럼 만난 지인들은 한결같이 '이게 무슨 일이람?'을 연발한다. 사스와 메르스도 황당했는데, 또 한 번의 세균전을 낯설어 하면서도 인류가 세균전 시대에 직면했음을 실감한다.

오래 전 중세의 페스트 사건이나 20세기 초 스페인독감을 들먹인다고 무슨 위안이 될까. 사투를 벌이는 현장의 의료진을 마음으로나마 격려하며, 소극적인 자기방어 밖에 할 수 없는 자신이 슬프다.

아침저녁으로 산책 나가던 양재천마저 통제되더니 일방통행이지만, 주말은 해제가 되어 비로소 화사한 봄꽃들이 시드는 모습을 목격한다.

이규보**는 그의 시조 「종화種花」에서 '꽃 피면 또 질까 걱정하네. 피고 짐이 모두 시름겨우니…' 하며 시드는 꽃을 이미 예견했건만. 화사한 그들의 모습에 취해 사월이 다 가는 줄도 몰랐던 나는 바보 중에서도 왕 바보다.

꽃이 지는 모습을 평생 처음 본 듯, 가슴이 허전해 오는 것은 바이러스로 병든 지구 한 귀퉁이를 지키고 서 있는 자신이 초라해서다. 그렇다고 꽃 진 자리를 대신해서 돋아 나는 연두색 떡잎의 순수를 모르는 것은 아니다. 그네들이 햇빛을 받아 반짝일 때는 19세기 후반 프랑스 인상파 화가가 된 듯 착각에 빠져, 연신 핸드폰으로 사진을 찍는다.

판도라 상자에 마지막으로 남은 '희망'이란 내 인생은 물론 이 지상에 인류가 존속하는 한은 대명제가 되겠지.

오늘이 지나면 여전히 눈부신 오월이 우리를 기다리고 있다.

나는 역시나 가슴을 설레며, 계절의 여왕을 맞을 준비로 마스크 속이지만 예쁜 화장을 할 것이다.

아파트 안내방송이 피트니스 센터를 내일부터 개장한단다.

엄마, 진짜 봄이 오려나 봐요.

* 2020.4.29. 현지시간

** 1708~1783: 고려시대의 문신·문인

신록

포스트 코로나 속 어버이날

오월 초순의 황금연휴가 펼쳐지고 있다.

정부는 사회적 거리두기를 생활 속 거리두기로 방역지침을 바꿀지 내일 발표하겠단다.

오월이 시작되면 가슴을 설레면서, 좋은 일이 생길 것 같은 막연한 기대로 부풀던 젊은 날이 이젠 추억이 되었지만. 불어오는 대기의 부드러운 바람과 아직도 화사한 봄꽃의 자태는 여기저기서 무심하게 지나가는 나를 붙잡는다.

조금 전에 산책 갔던 양재천은 벌써 오는 여름을 준비하는지 꽃이 지는 자리를 대신하는 신록의 화음이 시작된다.

오월의 얼굴은 어느 계절보다 눈부시다. 그러나 엄마가

이 세상 떠나신 후 나의 오월은 서러움, 그리움, 회환 같은 감정으로 얼룩진 아픔이다.

그나마 작년 어버이날 처음 터득한 '엄마 사진에 카네이션 드리기'가 있어 조금은 위안이 된다. 1년을 지나는 동안 꽃도 잎도 말라서 꼭 식물 표본한 모양새가 되었지만, 며칠 있음 싱싱한 새로운 카네이션으로 탈바꿈할 것이다.

유난히 화초를 좋아하신 엄마.

베란다의 빨간 제라늄은 사시장철 우리 집의 트렌드로 동네에서 화제가 되었다. 여름이면 아파트 출입구 양쪽 벽면에다 빨간 나팔꽃을 수도 없이 피우시곤, 퇴근해 오는 나를 꽃과 함께 기다리셨다.

걸핏하면 엄마 생각에 눈물을 흘리곤 하던 시간을 건너와 세월이 무엇인지 이젠 잘 울지도 않고, 엄마 생각도 아련한 순간이 있다.

다만 생전을 불효를 생각하면 금방 가슴이 아파온다.

오늘, 아파트 풀밭에 홀씨를 날리려 준비하는 민들레를 한참이나 들여다보며, '얘들은 어디로 어떻게 날아갈까?' 생각하며 사진도 찍고 한 탓일까.

코로나로 썰렁한 성당미사.

눈을 감고하는 기도 중.

하늘나라의 평화롭고 푸른 초원에 계신 엄마 모습을 본다.

왜 이승과 저승을 연결하는 다리는 없을까.

이승과 저승이 연결되어 엄마와 내가 손도 잡고 하면 좋겠는데.

엄마, 비록 코로나 속이지만 어버이날 엄마를 만나러 갈게요!

성모상과 민들레 홀씨

그리운 어머니

삼월에 가려던 성묘가 코로나 때문에 미루어져 3개월 만에 고향 가는 길.

고3 학생들도 3개월 만에 처음 등교하는 날.

포스트 코로나 속이지만 오월은 여전히 빛난다.

101세 노익장으로 시대의 스승이신 Y대 명예교수님이 오월이 되면 구순도 지나 세상 떠나신 어머니가 그립다 한다.

나야 가신지 겨우 6년째인데 그리워하는 건 당연하다며 스스로 당위성을 부여한다.

세기를 휩쓴 지구촌 질병인 코로나 속에서도 잘 계실 엄마를 만날 기대에 휩싸인다.

엄마는 이제 천상에 계시니 영혼불멸 이시잖아.

이 세상을 내려다보며 딱한 중생들 긍휼히 여기시겠지.

저의 모습도 보이시죠.

코로나 이전과 이후가 확실히 구별될 지구촌 별에 사는 딸이 아침 귀향버스 기다리며 미리 안부 편지 띄웁니다.

그리운 엄마, 우리 곧 만날 거예요.

오월

날씨가 쨍하게 좋다!

공기가 쾌적한 것이 먼지 한 톨 없다.

눈이 시린 푸른 하늘에 점점이 떠 있는 하얀 구름도 깨끗하다.

신록으로 싱그런 산과 들은 가슴 속까지 파고 들어와 맘 속에 낀 일상의 군더더기를 싹 쓸어 깔끔하게 청소해 준다.

차창 밖으로 휙휙 지나가는 물괴인 논은 모내기를 준비 중이다.

계절의 여왕 푸른 오월이 생태계의 변화로 퇴색하고 있다고?

아니!

오월이 아니면 어찌 이런 날 향유할 수 있으리오.

코로나로 온통 지구별이 병들었다고?

아니!

신은 인간을 버리지 않았다.

화려한 오월의 어느 날.

축배를 들고 엄마를 만나기 위해 귀향길에 오른다.

고향 가는 버스 속에서

Narrow Ruled
Eye-Ease® Paper
Single Subject
33-002
80 Sheets
7½ x 5
2006. 2.26.日
→4.18(火)

5

어머니 일기장

루비 반지

하루 종일 서울 도심을 적시며 여름비가 내린다.

시장에서 이것저것 필요한 것을 사고 귀가를 위해 어둠이 내린 사거리 신호등을 건너는데.

대로의 자동차 뒤 빨간 브레이크 등 물결이 빗속에서 보석같이 반짝인다.

평생 장신구는커녕 화장할 시간도 없는 역경을 살아오신 엄마.

당신의 낙천적인 성격 탓에 항상 밝은 모습만 보고 자란 나.

자녀들이 다 성장하여 독립한 후 겨우 여유를 찾으셔 서예를 하셨다.

평소 라이프 스타일대로 근면과 열정으로 크고 작은 국내 대회에 입상을 하시며, 건강을 잃으셔 자리에 눕기 전까지는 서예가로 사신 엄마.

지금도 엄마 작품이 우리 집은 물론 형제자매나 지인들의 집에서 호흡하고 있다.

우리 집에 서예실을 만들어 작품도 보관하고, 언제나 서예를 하실 수 있는 공간을 마련해 드리겠다고 약속해 놓고는 지키지 못했다.

외출 시에는 드물게 이미테이션 루비 반지도 개의치 않고 끼시곤 하셨지.

결국 진짜 보석 루비 반지도 못해 드렸다.

지금 곁에 계신다면, 석류 알보다 더 붉은 진짜 보석 루비 반지도 해 드릴 수 있는데.

가슴이 아프다.

노병이 깊어지신 뒤에는 화사하게 잘 웃으시던 성격이 퇴색이라도 된 듯 별로 웃지도 않으시던 엄마.

내 마음을 아는지 모르는지 빗속의 빨간 자동차 불빛은 루비처럼 아름답게 반짝인다.

영동6교로 오세요

이른 아침 영동6교에 가 보셨나요.

그곳이 어디냐고요.

서울의 미래유산 생태하천, 강남구 양재천을 가로지르는 다리랍니다.

양재천을 가로지르는 다리가 어디 한두 개라야지 하필 영동6교냐고요.

이유를 묻는다면, 매일 그 다리 아래 놓인 벤치에 앉아 하루를 시작하기 때문이지요.

그곳에 가면 투명한 하늘, 산들바람, 푸른 수목, 여기저기 피어난 계절을 알리는 아름다운 꽃을 만날 수 있답니다.

이른 봄에 피어나는 작은 보라색 풀꽃.

초록색 풀잎 속에 피어나는 고혹적인 빨간 꽃양귀비.

시들지 않을 것 같이 봄 늦게까지 내내 피어있는 덩굴장미.

한여름을 지나면서 가을을 그리워하는 정열적인 백일홍.

뭐니뭐니 해도 최고는 가슴을 씻어 내리는 달콤한 공기가 입안으로 상큼하게 들어오는 것이지요.

어디 그뿐이겠어요.

다리 밑에 앉아 조용히 쉬엄쉬엄 흘러가는 물을 보고 있으면 그 속을 노니는 커다란 잉어 떼가 보입니다.

물 위를 유유히 떠다니는 왜가리도 있고요. 그이의 발길질은 아주 유연합니다. 백조가 우아한 수면 위 자태를 위해 물밑의 처절한 발길질이 있다는데, 아니고요. 아주 부드럽고도 세련되게 두 발로 물을 살살 뒤로 밀며 잘도 유영하며 진행합니다.

내가 앉은 벤치 옆 빈자리에 겁도 없이 앉는, 가느다란 발목이 안쓰러운 하얀 비둘기는 자기 친구는 마다하고 왜 내 옆으로 온 걸가요.

며칠 전 폭우가 내리는 날은 더더욱 장관이었지요.

개천 물이 순식간에 불어나는 통에 좀 두렵기는 했지만,

회색 물안개 속에 무방비 상태로 전나全裸인 수목은 내리는 비와 무슨 얘기를 하는지 도통 알 수가 없었지 뭡니까.

영동6교에 닿거든 곧장 다리 밑에 있는 벤치로 오세요.

하늘, 땅, 물, 새, 물고기, 바람, 공기, 뭐 없는 게 없는 풍요로운 자연의 대잔치가 매일매일 열린답니다.

영동 6교로 오세요.

그곳에 오면 엄마와 대화를 하고 있는 저를 만날 수 있어요.

영동6교

한강을 건너며

온 도시가 물에 잠길 듯 비가 온다.

동남아의 작은 반도국가 한국 서울은 지금 호우속이다.

어젯밤에는 서울에서 80대 노인이 익사했다는 보도가 있었다.

충청지방의 물난리도 피해가 크단다.

매년이다시피 여름이면 겪게 되는 비 피해가 올해라고 거저 지나가긴 싫은가 보다.

이렇게 시작 된 팔월.

한치 앞을 모르는 우리의 미래.

내일은 또 어떤 새로운 일상이 준비될지 전혀 알 수 없지만, 오는 구월에 펼쳐질 가을입문을 숨기고 있음은 이미

알수 있다.

내가 탄 버스가 무심하게 잠수교를 지난다.

내 20대 후반의 이야기가 파노라마처럼 스쳐 지나간다.

주경야독의 대학원 시절.

매주 고속터미널에서 학교까지 열나게 달려가 몇 강좌 듣고는, 다시 학교서 고속터미널로 쫓아가 직장이 있는 지방으로 달려가던 그 세월.

잠수교는 무엇 때문에 그렇게 한강에 붙어서는 비가 많이 와서 강물이 불어나면 아슬아슬.

비록 힘든 현실에 고달픈 땀 냄새가 체취에 배였을망정, 꿈과 성취의 열망으로 점철된 순간들이었기에 빛나는 추억으로 채색된다.

곧 나타나는 세빛섬.

한국의 수도 서울은 아름다운 한강을 스토리텔링 하여 세계적 명소로 부상할 수 있을텐데.

세계적 예술과 문화의 최고도시인 파리의 세느강을 보고 얼마나 실망을 했던지. 영국 런던의 테임즈강은 또 어떻고.

어느 늦여름의 내 생일잔치나 동기모임의 신년회를 세빛섬 레스트랑에서 열면서 넓고 깊은 한강에 얼마나 매료되었던가.

서울의 한강은 절대적이다.

여전히 비는 내리고 남산3호 터널을 지나나 했더니만 금방 강북이다.

삼월 초순의 개나리 피던 교정에서 시작된 내 청춘의 아름다운 이야기가 여기저기 녹아있는 강북으로 들어섰다.

빗속의 종로 길을 달리는 젊은 기사님은 우리 시대의 젊은 피를 뜨겁게 하던 이슈가 무엇이었는지 궁금해 하기나 할까.

기숙사 입구 게시판에 붙어있던 'Student Power'가 생경하던 그 시절 말이다.

비 오는 서울이여, 부디 안녕하기를.

엄마, 비 오는 여름날 서울의 수채화랍니다.

비 오는 한강

바람이 분다, 살아야겠다

서너 명 이상이 모이는 친목모임에 가면 항상 꿀 먹은 벙어리가 되는 습성은 언제부터인지 모르겠다.

"애, 너는 왜 말 한마디 안 하니?"

"1/n법칙 모르니?"

"수많은 청강생들 앞에서 마이크 들고 특강은 어떻게 했니?"

술 먹는 모임에선 술을 먹지 않는 혼자는 이방인이 되듯, 자유로운 친교모임에서 말 한마디 안 하고 앉아있는 나를 향한 친구의 멘트다.

그러게, 왜 말 한마디 안 하는 게지?

스스로에게 던지는 새삼스런 질문이다.

듣는 것이 좋고 듣는 것이 편하니까.

스스로에 대한 답변이다.

대인기피증에라도 걸린 거 아냐?

모임에라도 갔다 오면 뒷맛이 영 안 좋다.

하나 밖에 없는 여동생에게 이런저런 푸념을 늘어놓다보면 미안하다.

"대인관계에서 말이 너무 많아도 탈, 너무 없어도 탈, 중용이 어려운 게지."

듣다못해 한마디 한다.

초등학교 시절부터 학교만 갔다 오면 학교에서 일어났던, 온갖 일을 미주알고주알 엄마에게 다 보고하던 일이 일상이 되어 온 나다.

성장하여 대학생이 된 뒤에도 방학이 되어 귀향한 첫날은 밤을 꼴딱 새워가며, 엄마께 서울생활을 보고하느라 시간 가는 줄 모른다.

처음 본 고색창연한 모교의 돌 건물 앞에 핀 노란 개나리, 첫 미팅서 만난 남자대학생 이야기, 기숙사 점호시간을 지키지 못할 뻔한 아슬아슬 창경원 밤 벚꽃놀이 구경, 빈 오전시간을 이용한 조조할인의 명화감상 이야기.

수도 없는 이야기는 며칠 밤을 이어져도 좋은 것을.

엄마는 내 소견으로 유능한 카운슬러counselor이셨다.

상담심리학 입문에 의하면 상담자의 첫 기술은 피상담자의 말을 잘 들어주는 것이다. 나에게만 국한되지 않은 엄마의 인품은 주변 지인께도 마찬가지라, 어떤 때는 이웃이 귀가하자마자 화장실을 급히 가시는 웃지 못 할 에피소드도 있다. 힐책하는 내게 상대방 대화맥락이 끊어질까 봐 그러셨다니, 전문적인 Ph.D.까지 가진 내가 무색하다.

적어도 한 사람에게 일상을 소상하게 보고해야 하는 나의 습성은 지금까지 이어져 온다. 엄마가 별세하신 뒤로는, 가정과 직장을 병행하는 바쁜 여동생이 그 자리를 대신하니 미안하고 고맙다.

문제는 인생의 전부인 듯 생활한 고향을 떠나 멋모르고 투신한 상경이다.

40대 초반 미국교환교수 생활에서 처음 맛본 이국에서의 인생단절. 그러나 그때는 무엇보다 한참은 젊었고 인생을 위한 성취목표가 진행형이었다.

지방 국립대 교수로서의 정체감만으로 평생을 살아온 나다.

은퇴 후 상경의 두 번째 단절은 전혀 예기치 못한 일상이다.

독거노인이란 생소한 나의 입지는 동네 마트에서부터 난관에 봉착한다. 예사롭게 던지는 불투명한 점원의 말 한마디에도 쉽게 기분이 상한다.

딱한 노인네 같으니라고.

스스로에게 던지는 푸념이다.

노래방에 가서 '백치 아다다'란 흘러간 유행가를 목 터져라 불러 본다고 해결책이 있는 것은 아니다.

미시마 유키오* 소설 『금각사』의 주인공이 되어, 나의 내면을 알아 줄 사람 세상에 한 사람 없다고 소리친대도 누가 관심을 가질 것도 아니다.

나의 내공을 총 동원해 자기분석self-analysis을 한다. 집단속의 대화단절은 자신감 결핍이라 결론 짓는다고 별나른 대책이 있는 것도 아니다.

'애야, 그깐 거 아무것도 아니야. 인생은 살만한 거고 죽는 날까지 보석같이 빛나는 일이 많이 숨겨져 있단다. 건강관리하면서 열심히 살면 되는 거야.'

'바람이 분다, 살아야겠다.'**

* みしま ゆきお, 平岡公威(1925~1970): 일본 소설가

** 폴 발레리(Paul Valery, 1871~1945): 프랑스 시인

어머니 일기장

마스크사회로 새로운 일상이 시작된 세월 8개월째.

지금은 긴 장마로 물난리가 한반도를 덮치고 있다.

이럴 땐 설상가상이란 말이 적합하다. 시시각각 전해지는 재난방송은 사망, 실종, 재산피해로 우울하다.

외출 중인 내게 아파트 AS센터에서 지하계절창고에 문제가 생겼다며 전화가 온다. 얼마 전에 신축된 고층 아파트에 가까스로 이사를 했는데 수재는 예상 밖이다. 여직원의 설명은 누수가 되어 바닥이 젖어서 종이상자에 포장된 이삿짐이 젖었단다.

정신없이 쫓기듯 이루어진 지난겨울의 이사는 젖은 상자 속의 내용물조차 모르고 있던 터라, 볼멘소리를 하는 내게 그녀도 나름의 원칙을 제시하며 깐깐하게 반응한다. 젖은 종이상자 속에는 엄마가 생전에 몇 권이고 써 내려간 일기장 뭉치도 들어있다. 다행히 젖지는 않아서 한숨을 내쉬고 집안으로 옮겨왔다. 평수를 꽤 줄여 좁은 집으로 이사를 하는 통에 아직도 제대로 이삿짐 정리가 안 되고 있다.

엄마는 문학소녀이셨다.

철들며 본 엄마 모습은 바쁜 일상 중에도 항상 책을 곁에 두고 읽으셔 애독하시던 일본 잡지는 내게도 익숙하다. 틈만 나면 노트에다 뭐든 적으시곤 하셨다.

일본서 성장하신 엄마는 한글보다 일본어에 더 익숙하시다. 시쳇말로 친일파다. 내 엄마니까 너그럽게 점수를 주고 싶은 게, 그때의 아프고 슬픈 시대배경이 그럴 수 밖에 없지 않았냐고.

수재水災가 희재喜災가 되었다며 보관된 일기장을 새롭게 정리하려니, 노트 갈피에 숨어있던 갈색 나뭇잎들이 후두둑 떨어지는 게 아닌가!

비록 색깔은 갈색으로 퇴색했지만 푸른 잎의 꿈이 수십 년째 고스란히 저장되어 있다. 어떤 노트에는 노랑꽃빛깔이 여전히 남아있는 작은 풀이 통짜로 들어 있기도 하다.

아, 엄마!

세월을 헤아리니 60대에 접어드신 연세에도 소녀 같은 감성으로, 꽃이나 풀을 따서 노트 갈피에 넣어 접어두신 나의 엄마.

새롭게 엄마의 일기장을 정리하면서, 내가 죽을 때까지 곁에 두어야 할 이 노트들이 새삼 슬프고 엄마가 보고 싶다. 엄마의 기록을 일본어 해득 부족으로 완벽하게 알 수 없는 게 유감스러울 뿐이다.

80대를 넘어 건강이 허락하는 세월까진 기록을 남기신 엄마.

서툰 일본어지만 한자 해득으로 겨우 뜻을 이어보면, 힘든 투병세월에도 고군분투하는 딸을 가엾어 하신 흔적에 가슴이 아려온다.

어느 해보다 긴 장마에 감당하기 힘든 수재가 우리를 힘들게 하지만, 덕분에 엄마의 일기장을 다시 정리하게 되니 고마워해야지!

A B C
A means Learning
오경순
2005. 2. 1
6. 18
SALZBURG
2006. 2. 26日
→ 4. 18(火)
2005. 9. 8.

어머니 일기장

고속터미널에서

오랫만에 강남 고속버스터미널에 왔다.

지난 세월 많이도 들락거렸던 이곳이 몰라보게 산뜻하게 리모델링 된 것에 놀라워하며.

실향민인 나는 습관처럼 고향 가는 버스를 타고 싶어 개찰구로 향한다. 고향에는 영원히 날 기다리고 계실 엄마가 계실 것 같아서.

타지도 않을 버스를 대기실에 앉아 통유리 너머를 바라보면서, 혹시나 안면 있는 고향 지인이라도 만날까 두리번거린다. 옆에 앉아서 담소를 나누던 풋풋한 젊은 청년 일행이 일어나기에 버스를 타는 고향 청년인가 싶었는데 아니다. 근처 직장인들로 점심시간에 잠깐 나왔나보다.

엄마 생각.

엄마가 종종 얘기해 주시던 유명한 문인 이시카와 다쿠보쿠*의 시화가 떠오른다. 대도시 생활에 지친 가난한 이 시인은 고향을 향한 그리움을 도쿄 역에 나가 고향 사람의 사투리를 들으며 달랬다고 한다.

직장동료인 일본어문학 전공교수가 덧붙이기를 고향은 멀리서 그리워할 것이지 돌아갈 곳은 아니라 했단다. 일본에서 유학생활을 하여 그곳에서 학위를 한 뒤, 고향에서 교수를 하고 있는 그녀는 적어도 실향민은 아니니까 행복한 사람이라고 생각한다.

가고 싶을 땐 언제나 고향으로 돌아가 힐링 하고 싶은 만큼 힐링 하면 된다. 그러다가도 다시 현실의 둥지로 돌아와야겠다는 자각이 생기면 돌아오면 되는 것을. 왜 그런 결단이 내겐 허락되지 않는 걸까. 태평양을 건너야 하는 먼먼 비행기 길은커녕 몇 시간 안 밖의 국내 여정인데. 아무런 구속도 없는 독신의 은퇴자로서 왜 그것이 안 될까.

"엄마, 대답 좀 해 보셔요."

"얘야, 알고 있단다. 그것이 생활의, 현실의 굴레라는 거야. 너 스스로가 만든 굴레."

오늘도 서울의 여름은 34도를 기록하는 폭염이란 예보를 뒤로하고 집을 나섰는데. 한낮의 강남 고속터미널에서 그리운 사람을 한참 그리워하다가 다시 나의 굴레, 나의 현실로 돌아가야겠다.

* いしかわ たくぼく, 石川啄木(1886~1912): 일본의 국민시인, 평론가

엄마처럼

스페인 마드리드에선 '마스크를 벗을 자유를 달라'고 데먼스트레이션demonstration을 한다.

중국에선 계속된 홍수에 집과 애써 일군 농토가 물에 잠겨 살아 갈 길을 잃었다고 하소연을 한다.

지금의 코로나 사태도 큰일이지만 거의 2개월에 걸친 여름 장마는 더 심각한 생태계 변화이다.

십 년 후엔 해수면이 높아져 인천은 물론 국회의사당도 물에 잠긴다는 소식에 정신이 번쩍 든다. 급 스피드로 달리는 21세기의 트렌드로선 내일모레 금방 닥칠 일로 실감나게 체감된다.

아침 산책길 양재천은 어젯밤의 스콜성 폭우에도 여느 적처럼 산뜻하다.

나보다 더 일찍 왔다가, 기다리다 지쳐 돌아간 비둘기의 가느린 발자국이 여기저기 찍혀있다.

수면이 많이도 낮아진 돌로 이어지는 징검다리는 오늘은 맨발로 건너면 된다고 유혹한다.

강남의 양재천에 감사하며 아침저녁 유일한 숨터로 활용하면서도, 어떻게 보전할지는 크게 고심하지 않는 자신을 반성한다.

머릿속은 당장의 사소한 지인관계 트러블로 복잡하다.

'어머, 이 젖은 나무 층계에 떨어진 여름 낙엽 좀 보소. 나도 엄마처럼, 저 나뭇잎 주워 책갈피에 끼워서 저장해야지.'

엄마의 일기장 갈피에서 수십 년도 전 넣어두신 나뭇잎을 발견하고 눈물 지우듯 누구, 나, 기억해 줄 이 있으려나.

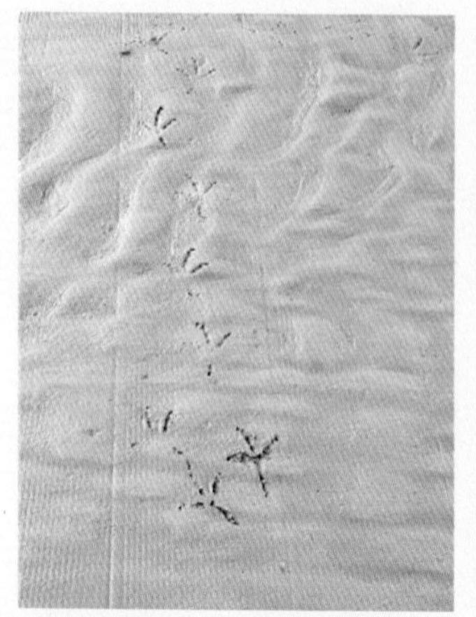

비둘기 발자국

홍수로 잠길 뻔한 징검다리

여름 낙엽

올 여름 피서

집을 나서는데 휴대폰에 안전 안내 문자가 온다.

'[행정안전부] 오늘 11시 00분 폭염경보, 최고 35도 이상, 야외활동 자제, 충분한 물 마시기 등 건강에 유의바랍니다.'

시시각각으로 전해 오는 코로나속보 때문에 노이로제에 걸릴 것 같은데 이번에는 또 다른 경고다.

입추가 지난 지는 한참이고 어제가 처서.

24절기 중 열네 번째에 해당하는 절기로 여름이 지나 더위가 가시고 신선한 가을을 맞이하게 된다는데 폭염경보다.

이 폭염에 외출은 무리가 되나.

벌써 반 년도 지난 코로나에다, 긴 장마에다, 폭우에다 이제 또 폭염경보까지.

정말 신은 지구별을 포기한 걸까.

우리 인류를 통째로 배신하는 걸까.

머릿속은 암담하다.

코로나사태만 해도 우리에게 새로운 양상으로 위협을 하고 있지 않은가. 높은 전파력과 전 세계적 대유행으로 코로나바이러스는 흔히 스페인 독감과 비교된다.

1918년에 발생해 2년간 전 세계인을 괴롭힌 스페인 독감은 초여름 프랑스에 주둔하던 미군 병영에서 환자가 나타나기 시작했고, 그해 8월 첫 사망자가 나오면서 주목을 받는다. 이때부터 급속히 번지면서 치명적인 독감으로 발전한다.

코로나19처럼 스페인 독감은 전 세계 유행으로 번져 당시 인구의 3분의 1에 해당하는 약 5억 명이 감염되고 5,000만 명의 사망자가 발생했다. 한국에서도 740만 명이 감염됐으며 14만여 명이 사망한다.*

친구들의 카카오톡 대화가 새삼 되새겨진다.

"일상이 단조로워지면 내면이 풍요로워 지려나? 기대도 해 봤지만~자꾸 딜레이 되니 짜증으로 마음이 점차 건조해져 갑니다.^^ㅠ"

"언제쯤 자유로워질지??"

"고위험군! 고령의 기저질환자들 신세~^^ㅎ"

"지금까지 젊고 건강하다고 생각했는데, 내가 바로 고령의 기저질환자로 조심해야 할 사람이네. 받아들이고 적응해야겠지요.~~"

집을 나섰으니 가는 데까지 가야지.

나의 위안 양재천은 3단계의 자연 산책로로 이루어져 아무리 덥거나 추워도 잘 이용하면 피서와 방한을 할 수 있다.

양재천은 항상 그렇듯이 서울의, 한국의, 인류의 대위기를 아는지 모르는지 여전히 싱그럽고 화사하다. 며칠 전까지만 해도 폭우로 넘쳐나서 보이지도 않던 징검다리가 평소처럼 쉽게 건널 수 있는 수위를 유지하며 돌돌거리고 흐른다.

어머, 젊은 엄마가 대여섯 살쯤 됨직한 사내애를 안고 징검다리 한가운데 앉아 있다. 아기는 흐르는 개천 물에 두

다리를 담그고 장난을 치며 좋아한다.

나도 한 번 해 봐야지.

한낮의 양재천 징검다리 돌 하나에 앉아 신발을 벗고 두 발을 흐르는 물속에 담근다.

아, 시원하다.

흐르는 물에 두 발을 담그는 평범할 이런 이벤트가 내겐 언제적 일인지 까마득하니 기억에도 없다.

긴 장마에, 포스트코로나에 국내 유명 해수욕장은 개장과 동시에 폐장이란다. 사상최대를 기록하는 인천공항의 해외피서 인파도 올해는 없다. 나도 그 대열에 끼여 그동안 못 가본 새로운 미지의 해외 바캉스vacance족이 되어 있었겠지.

집에서 걸어서 몇 분이면 도착할 수 있고, 몇 분만 징검다리 바위에 앉아 있으면 포스트코로나 불안도, 폭염경보도 도망가 버리는 걸.

엄마, 코로나랑 폭염이 내게 가르쳐준 지혜예요.

* 네이버 지식백과.

여름 양재천

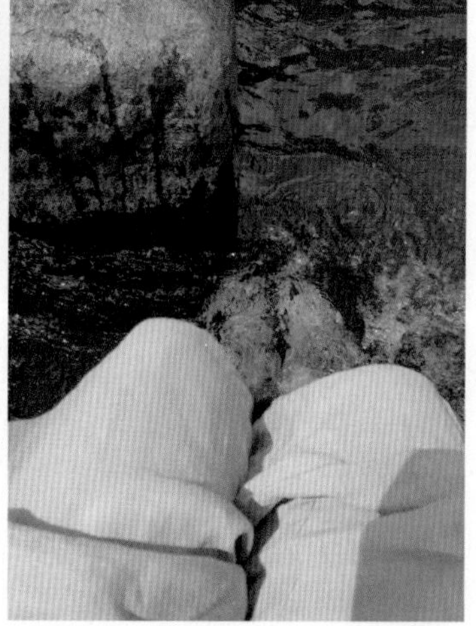

양재천 피서

30년 후

미국의 유명작가 오 헨리*의 단편에 『20년 후』라는 작품이 있다.

뉴욕에서 형제같이 자란 지미와 보브라는 두 친구는 20년 후에 다시 만날 것을 약속하고 헤어진다. 돈을 벌기 위해 서부로 떠난 보브는 20년 전 만나기로 한 장소에서 지미를 만난다. 그러나 경찰이 된 지미는 보브가 수배인물인 것을 알아챘다. 차마 자신의 손으로 보브를 체포할 수 없어 다른 경찰을 시켜 보브를 체포하고 보브에게 쪽지를 전한다. 20년이란 세월이 죽마고우인 두 친구를 경찰과 체포해야 할 범죄자 신분으로 변질시킨 것이다.

20년도 더 지난 30년 전, 나는 미국 플로리다 주립대학에 파견된 한국인 교수였다.

그녀는 플로리다 주립대학에 유학중인 한국인 학생 부인이었다.

우리의 만남은 플로리다 수도 탈라하시의 한국인 사회 구성원이 되어, 1년 동안 같이 생활하면서 이루어진다.

한국을 떠난 본 적 없는 내가 여장부 같은 엄마의 치마꼬리를 붙잡고, 태평양을 건너 미국입성을 시도하는 과정부터 에피소드가 많다. 밀레니얼 세대**가 이 글을 읽으면 분명 이질감을 느끼리라. 지방 국립대 교수로서의 기본 자존심은 물론 정체감까지 흔들리던 위기의 순간이 많았다.

비행기 연착으로 중간기착지에서 묵은 호텔에서, 미국인 직원을 향한 나의 문어체文語體 영어를 이상하게 생각하던 교민 초등학생은 잊을 수가 없다.

목적지에 도착한 첫날밤, 어렵게 마련한 작은 아파트에 기본 시설이 되어 있지 않아 어쩔 수 없이 한국 유학생 집에서 묵게 된 사건도 있다. 뜬눈으로 밤을 밝힌 다음날 아침, 유학생 부부가 정성스레 차려온 이국의 아침식사를 하면서 감사하고 송구했던 마음은 아직도 생생하다.

그녀의 남편은 유학생 중에서도 베테랑으로 곧 학위를 하게 되는 서열이었다. 그는 분명 학위를 위해 모든 것을 바쳐야 할 바쁜 와중에도, 나의 미국생활 체류를 위한 자질구레한 일을 귀찮아하지 않고 꼼꼼하게 챙겨주었다. 그녀 역시 우리 모녀를 위해 솔선수범 배려해 주는 마음가짐이 상냥하여, 꼭 천사같이 느껴진 것은 처음 고국을 떠난 외국생활 탓이었을까. 시간만 나면 작은 일상적인 생활편의를 위한 것부터 미국생활을 위한 노하우를 가르쳐주기도 하고, 여가시간도 함께 해 주었다.

유학생들은 교환교수를 부러워하기도 한다.

하루하루 고국이 아닌 외국에서 기본적인 일상을 꾸려가야 하는데다, 정해진 기간 내에 취득해야 하는 학점과 학위획득이란 스트레스에 무지 시달리고 있으니까. 유학생들의 양상도 여러 형태였지만, 가족을 이루고 있는 팀들도 많았다.

하루, 이틀 그리고 한 달, 두 달 외국생활에 적응해 나가는 것도 시간에 비례한다.

플로리다의 뜨거운 아열대 태양처럼 힘들게만 느껴지던 일상이, 시간이 갈수록 한낮을 식혀주는 스콜같이 조금씩 견딜 수 있는 여유를 가져다 주었다. 겨우 1년 동안이었는데도 매일매일 많은 크고 작은 사건들이 있었다.

우여곡절 끝에 다사다난한 교환교수생활 1년을 끝내고

귀국하여 나는 다시 예전의 일상으로 복귀했다. 항시 그래왔듯 몇 평 안 되는 좁은 연구실에서 하루가 짧다 하고 연구, 강의, 학생, 동료 그것을 전부로 살아 정년을 맞고 그리고 또 세월이 많이 흐른다.

인생이란, 인연이란 무엇일까.

나는 그녀를 30년 만에 처음으로 만나는 행운을 가졌다.

유학생의 아내로 '누구 엄마'라는 것 외에 그녀의 이름도 모르는데, 다행히 남편의 이름과 재직하고 있는 국내 굴지의 대학을 알고 있었기에 가능했지만.

그녀는 내가 모르는 30년이란 세월동안 플로리다, 그곳에서 Ph.D.도 하고, 아기이던 따님을 뉴욕의 맨해튼 로펌 국제변호사로 성장시켰다. 본인도 한국 최고의 기업체에서 부장으로 퇴직했지만 지금은 프리랜서로 일하고 있다.

우리는 「30년 후」에 만났지만, 그녀는 여전히 상냥하고 천사였다.

"엄마, 사진 보니 아시겠지요. 그녀 애기예요."

* O. Henry(1862~1910).

** 1980년대 초반~2000년대 초반 출생한 세대를 가리키며 정보기술(IT)에 능통하다.

30년 전 교환교수 시절

양재천 가을 소식

외로우면 외로운 만큼 엄마가 그립다.

허전하면 허전한 만큼 따뜻한 엄마의 숨소리가 듣고 싶다.

새벽잠을 떨치고 일어나 외출할 채비를 한다. 이른 아침 양재천 산책은 나의 소중한 일상이다. 아직도 여름이 곁에 있는데 어느새 아침 산책길에 떨어져 앉은 낙엽에서 가을을 체감한다.

구월 중순.

코로나바이러스가 대한민국에 포고령을 내린 것이 일월 말. 우리 모두 기껏해야 한, 두 달이면 끝날 줄 알았는데.

이젠 포스트 코로나시대로 접어들어 마스크는 우리의 가장 중요한 필수품이 되었다. 사회적 거리두기로 사람을 만날 수 없다. 식당은커녕 카페에서 커피 한 잔 마음 놓고 마실 수 없다.

엄마 성묘만 해도 고향 길을 매달이다시피 다녔는데 올해는 겨우 몇 번 밖에 갈 수 없었다. 추석의 성묘도 일 년 전부터 준비해 온 비행기 길은 아예 없어져 버리고, 환자가 급증하는 수도권 인구이동은 고향 사람들도 달가워하지 않는다. 이번 추석의 귀향은 포기한 상태다.

살아가는 일이 그다지 재미있지가 않다. 코로나 블루 환자까지야 안 되겠거니 하지만 그것마저 장담할 수도 없다.

코로나만 문제가 되었나?

주구장천 내리던 장맛비는 어떻고. 두 달에 걸친 장마는 지구촌이 물에 빠져 흘러가는 것 같았고, 계속되는 폭풍과 태풍으로 정신을 차릴 수가 없다.

서울의 미래유산이자 도심의 생태하천인 양재천이 나의 숨터로 자리매김한 것은 여러 해가 지났다. 퇴직 후 고향을 떠나 불현듯 상경한 나의 서울살이는 생각보다 한참은 더 힘들었다. 언어장벽 빼고는 꼭 외국의 어느 곳에 떨어져 버린 느낌이랄까.

처음엔 고향집 근처의 평범한 하천정도로 시큰둥하던 양재천이 하루, 이틀, 한해, 두 해 서울생활의 시간이 쌓일수록 나의 숨터가 된다.

양재천 가을 소식

자동차와 매연으로 뒤덮인 도심을 걷다가도 양채천에 들어서면 사시장철 힐링이 된다.

사람은 몰라도 자연은 우리를 배반하지 않으니까.

지난봄에는 양재천 산책로마저 폐쇄된 적이 있다.

조금 전 뉴스에는 코로나 백신이 나온대도 내년 연말 정도 되어야 일상을 회복하겠단다.

내가 좋아하는 해외여행도 지금은 단지 꿈에 지나지 않는다.

가장 평범한 것이 가장 소중하다는 걸 왜 몰랐을까.

이른 아침 산책길에 떨어진 낙엽을 보며 우주의 섭리를 배운다.

어김없이 가을이 우리 곁으로 가까이 오고 있다.

추 석

내일이 추석.

고향 산소 엄마를 만나려고 교통편을 알아보던 나의 수고는 모두 실패했다.

포스트 코로나에서 독감시즌이 다가오면서 트윈 팬데믹이 코앞의 불안으로 엄습하고 있다.

그래도 '더도 말고, 덜도 말고 한가위만 같아라'란 민족의 대명절 추석연휴로 한반도가 출렁인다.

나는 햇볕 좋은 사거리 커피 집, 이층 구석 자리에 앉아

지인이 보내온 시인 백석의 「고향」이란 시를 읽는다.

성북동 대요정 대원각을 법정 스님께 헌납하여 길상사를 만든 김영한 여사의 이야기를 우리는 알고 있다. 김영한 여사와 젊은 날 사랑을 나누었던 백석 시인의 이야기는 소설보다 더한 울림으로 감동을 준다.

때로는 픽션보다 논픽션이 더 많은 메시지를 우리에게 전달하지 않는가.

세월을 한참 거슬러 올라가 20대 중반.

오겠다고 약속한 사람을 그리다가 잠들어 깬 한밤중.

추석 달빛이 너무 고와 더 이상 잠 못 이루던 그 시간은 꿈이었던 것도 같다.

현실은 '브람스를 좋아하세요?' 같은 젊은 음악도의 달달한 드라마 보느라 밤잠을 설치는 시니어.

인생이 무엇일까 끝없이 고뇌하던 젊은 날을 건너 담담한지, 무심한지 지금을 살고 있다.

인생에 정답은 없다는데, 아직도 정답을 찾아 헤매는 방랑자인 나.

차라리 '인생은 미완성'이란 노래가 더 위안이 된다.

고향산천에 누워계시는 엄마께 오늘도 메아리 없는 질문을 던진다.

'엄마. 인생의 정답이 뭐예요?'

'왜 사느냐면 웃는다는 시인처럼, 그냥 웃으며 사는 거라고요?'

'그럼, 그렇게 담담히 웃으며 사는 거란다!'

가 을

산책로에 누운 나뭇잎

엄마

가을입니다!

"우리 인사동 가서

창가에 앉아

따뜻한 커피 한잔
하지 않을래?"

누가 이런 전화주면
무조건 달려 나가듯,
내가 이런 전화하면
무조건 달려 나올 누구 있으면 좋겠습니다.

'사람이 그리워야 사람이다.'

어머니 6주기

코로나19는 엄마 기일을 위한 귀향길을 막아버렸다.

서울 가족들은 직장에서 휴가를 받고 만반의 준비를 했다. 예년처럼 아침 9시에 승용차로 고향 길에 오르기로 계획한다. 도착하면 제사 모시기 전에, 지난번 TV프로 허영만의 식객에 나온 거지탕을 먹으러 가자고 두 남동생이 함께 앉아 전화를 한다.

출발 전날, 오후 늦게 걸려온 전화는 기업체에 근무하는 조카의 직장에서 받은 공문이 수도권 사람들과 접촉금지란다. 코로나비상을 거의 10개월째 체험하는 서울 가족에 비해, 청정지역 같던 그곳은 비로소 확진자가 생겨나면서 혼란에 빠졌나 보다.

직장일로 작년 기일에도 참석을 못한 여동생은 무척 섭섭해 한다.

엄마를 만날 수 없다는 아쉬움에 며칠 전, 장남이 고향 산소서 찍어 보낸 푸른 수목 속 노랑나비가 가슴에 찍힌다. 남동생은 늦가을 노랑나비가 엄마 같다고 한다.

영혼불멸이란 무엇일까.

엄마 장례 치르고 상경한 다음 날 아침, 우리 집 베란다에 새 한 마리가 앉아있어 엄마가 오셨나 싶더니.

서울 조카는 제사도 화상으로 지내잔다.

진짜로 그날 밤 우리 가족은 먼 남쪽 고향과 서울에서, 화상으로 서로의 제사상을 보아가며 영상통화도 하고 엄마도 만났다. 비록 산소는 못 갔지만.

오늘은 코로나19 환자가 600명에 가깝다.

며칠 남지 않은 십일월이 가면 곧 십이월. 벌써 거리는 여기저기 성탄장식이 나타나면서, 어둠이 내리면 환상적인 무드로 세모의 정을 밝힌다.

나는 한국에 코로나사태가 나타나면서부터 300일이 지났다는 지금까지 한 번도 미래를 예측한 적이 없다. 우둔한 건지, 대책 없이 낙천적인 건지.

전염병 전문의 의료인이라면 좀더 다르겠지. 이렇게 속

수무책으로 멍청하게 살고 있는 자신이 가엾다. 코로나 블루에서 코로나 레드 환자까지 생겨난다.

구민회관의 체육시설도 겨우 한 달 만에 다시 올 스톱이다. 십일월, 십이월 선납한 수강료를 환불받으며, 내년 일월엔 개강이 가능할 것 같다는 직원의 얘기에 웃는다. '알 수 없지요'란 의미 없는 응답을 하면서.

그래도 코로나사회에 제법 적응이 되고 있는 자신을 발견한다. 나뿐만 아니라 당신도, 우리도, 이 사회도 조금씩 코로나에 적응하고 있다.

먼 훗날 지금 이 시기를 담담하게 평가할 시간이 올 줄 알지만, 내가 걸어 갈 길이 바쁘다. 사회적 동물이란 대 전제의 호모 사피엔스가 마스크를 쓰고 대면금지라는 명제로 일상을 꾸려가야 한다.

사람은 사람에 의해 즐거울 수 있다는 걸 모르다가, 은퇴 후 비로소 마음의 문을 조금 열었는데 코로나로 대면금지라니.

엄마! 7주기에는 마스크 없이 서로 가까이서 따뜻하게 호흡하는 세월에서 만나기로 해요.

6주기 고향 집

삼성동 현대백화점 성탄 장식

폭설

짧은 겨울해가 지고 바깥은 이미 깜깜해져 늦은 저녁 설거지 중이다.

"언니야, 창밖을 좀 봐!"

조금 전 오후에 헤어진 여동생 전화다.

어두운 거실 창밖으로 희끗희끗 쏟아지는 눈송이에 깜짝 놀란다.

"어머! 이런 폭설은 난생처음이야."

아파트 거실 창에 붙어 서서 어두운 창공을 난무하는 폭설의 군무에 넋을 잃는다.

잠간 사이에 창틀에 수북이 쌓이는 눈.

때맞춰 온 후배와의 카카오톡 대화.

“지금 서울 폭설입니다~”

“잘 지내시죠? 라고 쓰고 있던 참입니다.”

“이런 폭설은 못 본 거 같아요.”

“그러게요. 상상이 안 되네요~, 눈으로 뒤덮여 그야말로 설국이겠네요.”

“금방 설국입니다.”

“운치가 느껴집니다.”

“운치!? 움츠려지네요. 실내보일러를 더 올리고. 밤눈은 내 맘의 눈물같이 잘 안 보이네요…. 흐흐.”

“따뜻한 차라도 대접해 드리고 싶네요….”

“낼 아침, 양채천은 장관일 겁니다. 따뜻하게 껴입고, 같이 커피를 마시는 상상을 하며 그곳을 산책하고 싶군요.”

밤잠을 설치다가 결국 깨어난 한밤중.

아니나 다를까.

갑작스런 폭설에, 한파에 도로까지 꽝꽝.

교통 붕괴된 강남, 성남 등 서울과 수도권 여기저기.

새벽 2시 너머까지 기름 떨어져 가는 승용차 속에서 제설차를 기다리고 있다거나, 아예 도로에다 승용차를 두고 집으로 걸어간다는 사연으로 넘쳐난다.

엄마, 우리가 살던 남쪽은 겨울에 눈 구경하기가 힘들잖아요.

아주 드물게 눈이라도 오는 날은 완전 축제분위기지요.

기억하시죠.

제가 여대생이었을 때.

함박눈이 한없이 쏟아진 어느 겨울날 일요.

생업에 바쁜 엄마를 졸라, 하얀 눈 세상으로 둔갑한 성벽길을 걸어서 성 꼭대기까지 올라갔지요.

낡은 흑백 사진 속에는 꿈 많은 긴 머리 여대생과 파릇하게 젊은 엄마가 화사하게 웃으며, 눈 쌓인 강변과 다리를 배경으로 다정하게 서 있습니다.

이미 눈은 그치고.

언제 그랬냐는 듯, 깨끗한 하늘에 달까지 떠서는.

어차피 인생은 그렇게 흘러가는가 봐요!

6일 밤 눈으로 뒤덮인 서울 강남구 삼성역 인근 도로에서 시민들이 월동 장구를 갖추지 못한 차량을 밀어 이동시키고 있다. 이날 오후 9시 기준 서울에 3.8㎝, 경
도, 강원 영서, 충청, 전라, 제주 산지에 대설주의보가 발효됐다. 기상청은 7일에도 서울 최저기온이 영하 14도까지 떨어지는 등 추위가 이어질 것이라고 예보

조선일보2021.1.7

폭설

| Epilogue |

첫 에세이집 『어머니, 어머니 나의 어머니』 출간 소고小考*

먼저 책이 출간되도록 지도해 주신 윤재천 교수님께 감사드립니다.

그리고 격려해 주신 문우님들께도 감사드립니다.

졸고가 나오기까지 2번씩이나 원고를 읽고 교정해 주시며, 출판사 계약과 표지까지 신경 써 주신 문우님도 계십니다.

2014년 9월 1일 서초수필문학회에 처음 등록하고 꼭 만 4년의 세월이 흘렀습니다. 직장생활을 은퇴하고 글쟁이로서의 오랜 꿈을 실행해 보고 싶은 맘에 첫 발을 디딘 곳이 이곳입니다. 수강 첫날 어정쩡한 자기소개를 했던 일. 수업 후 점심시간 문우님들과의 따뜻했던 대화. 식사 후 돌 다

방에서의 티타임은 추억이 되었지요.

2015년 가을호의 등단은 제 인생의 새로운 자리매김이 됩니다.

'인 서울in Seoul' 1년 만에 어머님을 저 세상으로 떠나보내고 인생의 구심점을 잃고 방황하면서, 어머님을 향한 그리움을 글로나마 쓸 수 있는 시간이 없었다면 어떻게 견딜 수 있었을까요. 비록 한 줌의 재로 땅속에 묻혀 계시지만, 지금이라도 제가 '엄마' 하고 부르면 곧 곁으로 와 주실 것 같습니다.

이 세상엔 변하지 않는 것이 없다지만, 인류가 존속하는 한 모성의 진수는 결코 변하지 않겠지요. 세기의 대문호 괴테Goethe는 『파우스트Faust』에서 영원히 여성적인 것이 우리를 구원한다고 했습니다.

살아오며 어머님께 받은 분에 넘치는 사랑을 이 한 권의 책으로 대신할 수야 없겠지만, 그래도 조금은 편한 마음으로 오늘 밤은 잠자리에 들려고 합니다. 밖에는 가을비답지 않은 폭우가 쏟아지는 구월 초순의 밤에 수필반 수업을 생각하며 이 글을 적습니다.

제가 대학에 재직할 때 첫 전공서적을 출간하여 은사님

댁에 들렀더니, 사모님께서 '처녀작이구먼' 하시던 말씀을 아직도 잊지 못하고 있습니다.

첫 에세이집을 출간한 뒤 기쁨보다는 저의 제2의 인생을 위한 숙제를 한 것 같습니다.

앞으로도 계속 글이 좋아 글을 쓸 것은 분명합니다.

감사합니다.

* 서초수필문학회/분당수필문학회 출간소개: 2018.9.4~9.5.

첫 수필집과 함께

출판기념회에 부쳐

아름다운 계절 만추의 오늘.

먼저 이 모임이 이루어지도록 추진해 준 친구, 전 과천대학 교수 J에게 박수를 보냅니다.

참석해 주신 한국수필학회 회장이신 윤재천 전 중앙대 교수님, 현대수필 O 주간님 외 서초수필 문우님들, 불편한 몸으로 지방에서 먼 길 온 친구와 제자, 몸짓예술단원들, 비단결 모임의 여고 동기들, 이심회 모임의 심리학과 동기들, 중학교 총동창 회장님과 사무국장님, 매란회 모임의 중학교 동기들 소중한 지인들 한 사람 한 사람 거론하며 감사를 드리고 싶지만 시간관계로 생략합니다.

저의 첫 번째 버킷리스트인 『어머니, 어머니 나의 어머니』란 수필집을 지난 8월 30일 출간하고, 제일 먼저 4년 전 하늘나라로 가신 어머니 산소에 책을 바쳤답니다.

한 사람 두 사람 지인들에게 부끄러운 저의 책이 전해지면서, 뜨거운 반응에 놀란 것은 저의 글 이전에 그들의 구심점인 어머니에 관한 사연들 때문입니다. 책 서두에 적었듯이 '신은 이 세상 모든 곳에 있을 수 없어 어머니를 만드셨다'지요.

어떤 문인은 어머니에 관한 것은 쓸 게 없다고도 했습니다만, 서평은 '어머니라는 존재는 생명의 근원이다. 생명 있는 모든 것은 어머니 자궁에서 두 주먹을 쥐고 나와, 오랜 시간 보살핌을 받으며 짙푸른 나무로 성장한다'고 합니다.

40년 가까운 세월을 대학에 있으면서 학문과 싱싱한 젊은 제자들과 호흡하는 저의 세계가 전부인 듯 살아왔습니다. 워커홀릭workaholic으로 일밖에 모르고 살아 온 저로서는 은퇴는 인생의 낭떠러지 같은 두려움이었지요. 살아보지도 않은 세월을 두고 왜 그리도 몇날 며칠을 잠 못 이루며 괴로워했을까요.

그러나 이제 헤르만 헤세Hermann Hesse가 『데미안Demian』에서 제시한, '하나의 세계를 깨뜨리고 새롭게 태어나기 위해 투쟁하여 알에서 나오는 새'의 세계를 음미합니다.

은퇴 후, 사춘기적부터의 소망이던 글쟁이 일을 시작해 기쁩니다. 많은 전공서적을 내면서도 한 번도 못해 본 출판기념회를 하게 되어 더욱 기쁩니다.

'남은 인생 중 지금이 가장 젊다'는 마음으로 살 것을 다짐합니다.

다시 한 번 바쁜 시간 중에도 참석해주신 모든 분들께 고마운 마음 보냅니다.

감사합니다!

2018. 11. 1. 목. 김남순 드림.

이모 출판기념회

안녕하세요.

오늘의 주인공이신 수필가 김남순 교수의 조카 성민규입니다.

우선 오늘의 기념회에 가족을 대표하여 축사를 할 수 있는 영광을 주셔서 대단히 감사합니다.

또한 매우 바쁘신 와중에도 오늘의 출판기념회에 한걸음에 와 주신 축하객 여러분께 가족 대표의 자격으로 다시 한 번 감사인사 드립니다.

저희 이모께서는 교수 재직 당시부터 입버릇처럼 나중에 꼭 책을 집필하고 싶다고 말씀하시곤 했습니다. 재직 당시에는 일에 치여서 혹은 바쁘다는 핑계로, 그 후엔 수필집

『어머니, 어머니 나의 어머니』의 그 어머니 병환 간호로 인하여 미루어졌던 집필 활동이 드디어 결실을 맺어 수필집으로 출간이 되었습니다.

세상살이 쉬운 건 없다더니, 책 한 권 쓰는 것이 이렇게 어려운지는 저도 잘 몰랐습니다. 그래도 중도에 포기 않고 수필집까지 엮어내신 이모에게 심심치 않은 존경과 박수를 보냅니다. 혹시 또 아나요 이렇게 탄력 받아서 베스트셀러 작가가 될지? 세상일은 어찌 될지 모르는 것이니까요. 그래서 말씀 드리자면 오늘 가시기 전에 이모의 수필집에 꼭 사인 받으시라고 추천하고 싶습니다. 추후 너무 바빠져서 받고 싶어도 못 받는 경우가 생길 수 있으며 생기길 바라니까요.

수필집의 주인공인 어머니… 저에겐 외할머니는, 저에게도 좀 특별하셨던 분입니다. 지방에서 작은 음식집을 하셨던 외할머니의 영향으로 저는 지금도 우동을 좋아하며, 즐기는 편입니다. 추억이 되어버린 여러 사건들이 이모의 수필집을 보면서 새록새록 떠올라 외할머니를 보고 싶은 마음에 눈물을 훔치게 되었습니다. 정말이지 딴 건 모르겠고 외할머니가 말아 주시던 우동 한 그릇이 많이 생각이 납니다.

수필집을 읽으시는 하객 여러분께서도 수필집과 함께 각자의 과거로 회상여행을 떠나게 되길 바라며 축사를 마치려고 합니다.

조만간 베스트셀러 작가가 되실 수필가 김남순 교수에게 책에 사인 받는 거 잊지 마시구요.

오늘 오셔서 자리를 빛나게 해주신 하객 여러분께 다시 한 번 감사의 인사드립니다.

감사합니다.

지금까지 조카 성민규 였습니다.

2018. 11. 01 (목) 성민규

출판기념회 사진들

에세이집 『어머니, 어머니 나의 어머니』를 읽고

Ⅰ. 수필가 정목일 이사장님으로부터

제목 '어머니'를 생각하며

김남순 교수님.

에세이집 '어머니, 어머니 나의 어머니'를 잘 받고, 어머니를 생각하면서 잘 읽었습니다.

한 번도 효도해 보지 못한 제 어머니를 떠올리며, 읽었습니다.

'어머니'를 생각하면 얼굴 모습이 떠오르고 눈물이 납니다.

어머니를 모시고 여행 한 번 가지 못한 일이 두고두고 가슴을 아프게 합니다.

김 교수님의 글을 읽고, 제 어머니 사랑의 기억이 떠올라 눈물이 납니다.

내 고향 진주에 있는 '경상대학' 교수로 계셨는데, 한 번 만날 기회도 없었군요.

K, H, C 교수와는 친밀하게 지내고 있습니다.

'어머니, 어머니 나의 어머니' – 가슴 속의 눈물이 나게 해줍니다.

마음이 정화되고 가족들의 얼굴을 떠올리게 합니다.

'김남순 에세이' '어머니, 어머니 나의 어머니'를 보내주셔서 대단히 감사합니다.

진주로 달려가서 어머니 묘소에 가려 합니다.

좋은 수필집을 보내 주셔서 감사합니다.

건승, 건필, 행복하시길 빕니다.

2019. 6. 22. 창원에서 정목일 드림

Ⅱ. 월간 「한국산문」 유병숙 회장님으로부터

김남순 선생님 안녕하십니까?

저는 월간 『한국산문』의 유병숙 회장입니다.

선생님의 수필집 『어머니, 어머니 나의 어머니』 책 잘 받았습니다.

수필집 출간을 늦게나마 축하드립니다.

인연에 깊이 감사드립니다.

책을 읽으며

절절한 모정에 가슴이 미어질 듯했습니다.

정성을 기울여 선생님의 글을 읽었습니다.

어찌 이런 고운 정서를 지니셨는지요.

마음이 정화되는 시간이었습니다.

선생님께 감사드립니다.

앞으로 소중한 인연 이어가길 바랍니다.

성원에 감사드립니다.

새해 복 많이 받으십시오.

유병숙 올림

Ⅲ.

선생님

글 잘 읽었습니다. 세상에서 가장 효심이 강한 선생님이라는 것을 글을 통해 알게 되었습니다. 어머니에 대한 애틋한 그리움과 사랑이 묻어나는 글 잘 읽었습니다. 세심하게 본다고는 했지만 놓친 부분도 있을 것입니다. 혹시라도 제가 고친 부분이 틀리거나 맞지 않으면 다시 고치셔도 됩니다. 유아적인 말투(?) 이런 것은 제 나름대로 고쳐보았습니다. 책 한 권을 탄생시키려면 혼신의 힘을 다해야 하는데 선생님의 '어머니, 어머니 나의 어머니'는 그야말로 선생님의 애틋한 정성으로 태어나리라 믿어 의심치 않습니다.

김○옥(전 현대수필문인회장)

Ⅳ.

『어머니, 어머니 나의 어머니』를 읽고

어머니가 가신 뒤 하루하루 일기처럼 쓴 어머니에 대한 고백이 절절하면서도 애잔하고, 애잔하면서도 따스하고, 따스하면서도 마음 한편 춥고 슬프다.

아무리 연세가 들어서 돌아가셔도 남에게는 호상일지 모르겠지만 당사자인 상주에겐 절대로 호상이란 말을 꺼내면 결례라고 하던데 선생님의 글을 읽으면서 호상이란 말은 그 누구에게도 사용하지 않으면 안 된다는 걸….

어머니와 살아 온 길은 거의가 꽃길이었을지 모르지만 그 꽃길이 끝나는 날부터 선생님에게는 가시밭길이라는 것을.

따지고 보면 꽃길을 걸을 때도 아름다운지 모르고 걷는 게 삶이고, 가시밭길에서는 그 가시를 헤쳐 나가야겠다는 맘 때문에 꽃길이 아름다웠노라 생각할 겨를이 없을지도 모른다.

선생님의 작품집을 읽으면서 객관적으로 보면 예순이 넘을 동안 어머니와 함께 한 세월이 축복이었을 텐데 선생님에겐 그게 오히려 어머니를 보내드리는데 더 힘들고 춥고 아팠을 시간들이다. 그 아팠던 시간을 함께 공감하느라 마지막 장을 덮을 때, 아니 어머니와 함께 행복했던 사진들을 보노라니 내 어머니가 떠오른다. 그래도 선생님께선 어머니와 외국도 많이 가시고….

작품을 그대로 투영하여 보는 게 아닌 독자들은 작품을 읽으면서 자신을 투영하는 버릇이 있다. 그 투영하는 것이 때로는 크나큰 위로와 울림이 되기도 하지만 때로는 그 작품으로 인해 내 맘이 아파야 하는 것도 겪는다. 나는 후자다. 내 맘이 아프다. 선생님께서 보낸 아픔의 시간까지는 아닐지라도 엄마와 함께 여행 한 번 제대로 하지 못했다는 자책감, 뭘 하느라… 어머니의 말년에 내가 따스이 사랑해 드리지 못했다는 자책감이 든다. 인생은 늘 후회의 연속이고 후회란 먼저 오는 법이 없다고 하더니, 다시 한 번 후회가 밀려들면서 이 책을 덮으면서 혼자 생각해 본다. '그래도 선생님의 어머니께서 참 행복했겠노라, 선생님께서 어머니는 당신 삶 전부였구나!' 하고.

**좋은 글 잘 읽었습니다. 각박한 이 시대에 한 사발의 정화수 같은 글이었습니다, 이젠 늘 건강하시고, 건필하십시오. ^^*

임○윤 올림(현대수필 문우)

V.

교수님…

건강히 잘 지내시는지요? 해외 출장 다녀오니 반가운 수필집이 제 책상 위에 놓여 있었습니다. 얼마나 행복해지든지요.

지난주 목요일 한국 도착하고, 주말엔 가족들과 함께 C시의 J 교수님을 뵙고 왔습니다. 80대 중반이라고는 도저히 믿기 힘들만큼 건강하신 교수님, 사모님과 이런저런 얘기 나누면서 즐거운 시간 보냈었는데, 월요일 출근과 함께 받은 수필집은 제게 분명 커다란 행복이라는 큰 선물이었습니다.

교수님께서는 '책을 내면서'에서 행복과 같은 화려한? 단어를 쓰지 않는 습관이 있다고 하셨지만, 저는 사랑, 행복과 같은 단어를 입에 달고 산답니다. 찌질이도 가난한 집에서 태어난 죄?에도 불구하고, 하고 싶은 공부 다해보고 또 운 좋게 생각지도 못했던 대학에서 근무도 해 보고…. 분에 넘치는 곳에서의 직장 생활이라 참으로 열심히 살았습니다. 단과대학, 대학본부의 보직을 두루 수행하고, 정부 부처의 일에도 참여해 보고, 과분한 동료, 제자들과 연구도 수행하고…. 어찌 제 개인의 능력만으로 이룬 일이겠습니까? 저를 믿어 주시고 격려해주셨던 수많은 분들의 도움과 사랑 때문이겠지요.

이모님과도 같은 소탈한 미소로 저를 지켜봐 주셨던 교수님도 제게는 정말이지 큰 힘이었습니다. 그래서 저는 사랑과 행복을 입에 달고 산답니다. 할머니께서 세상과 이별을 고하셨네요. 교수님의 슬픔과 아쉬움은 수필집을 읽지 않고서도 충분히 짐작할 수 있었습니다. 벌써 4년이나 되었네요. 부디 부디 힘내시길 소망합니다.

그리운 어머니를 마음 깊은 시어로, 아름다운 글귀로, 때로는 화사한 사진으로 추모하고 불러내시는 모습이 참으로 행복해 보입니다. 교수님… 오래 오래 행복하시길 소망합니다.

혹여라도 부산 다녀갈 일 있으시면 연락 주십시오. 부산엔 맛집이 참 많습니다. 오랜만에 옛 이야기 나누고 싶습니다.

B대 교수로 재직 중인 김남순 교수님의 제자 김○용 올립니다.

Ⅵ.

언니~

보내 주신 책 오늘 오후에 감사히 잘 받았습니다. 책 제목만 보는 데도 벌써 감동되어 눈물이 핑 돌더라구요….

앉은자리에서 다 읽고 여태 멍하니 이러고 있네요~. 어머니 보내시고 아픈 맘을 구구 절절히 어찌 그리 애틋하게 쓰셨는지 보는 내내 막 울었습니다.

어머니께선 학창시절 정도 고프고 배도 고픈 저한테도 참 잘해주셨습니다.

언제나 따뜻하고 정 많으셨던 어머님.

지금은 밝고 환한 천국에서 평안함 가운데 자손들 특히 큰따님 위해서 기도하고 계신 줄로 믿습니다.

저도 너무나 큰상처가 20년이 지난 지금도 아직도 크게 자리 잡고 있어서. 오늘 책을 읽고 삶과 죽음에 대해서 생각하며 어제 일어났던 일처럼 생각나서 잠시 힘든 시간을 보냈습니다. 그래도 이후에 천국에 가면 먼저 가신 사랑하는 분들과 만나 영원히 살게 될 것을 굳게 믿고 있어서, 그 생각만 하면 좋아집니다.

어머니도 세상 그런 분 안 계시지만 제가 보기엔 따님도 세상 그런 딸이 없을 것 같습니다. 엄마를 지극정성 모셨고 지금도 너무너무 애틋해 하는…. 엄마가 넘 보고 싶어 울고 싶음 펑펑 우시고. 또 넘넘 보고 싶음 한 달에 한 번 아니라 몇 번이라도 산소 가시고. 맘이 시키는 대로 하시면 좋을 것 같아요. 저는 지금도 그렇게 하고 있습니다. 제가 오늘 따라 맘이 허전해서 횡설수설했습니다.

학교 때 언니집 2층 방에서 본 건데, 짧지만 사랑 듬뿍 담긴 그 모습이 참 부러웠던 언니가 쓴 시가 생각나, 기억나는대로 적어 볼게요. 틀릴 지도 몰라요.

"환타 줄까

과자 줄까

싫어, 싫어

앙탈부리는

나에게

곱게

눈 흘기시는 엄마

우리 엄마"

언니~

이루고자 하시는 일 잘되시길 바랄게요. 늘 건강하시고 파이팅 하세요.

장○숙 올림(여동생 절친)

Ⅶ.

김남순 교수님.

『어머니, 어머니 나의 어머니』를 읽고, 교수님이 5년 전 '인in 서울' 하셔서 그동안 얼마나 맹렬하게 사셨는지 가슴 뭉클해 지더이다.

그뿐 아니라, 문단에 김남순 작가로 등단 하셔서 우리에게 어머니의 소중함, 그리움을 새삼 절절하게 일깨워 주신 교수님께 존경을 표합니다.

덕분에 예전 추억의 편린들을 떠올릴 수 있어서 즐겁기도 했습니다.

김○미 드림(전 J교대 교수)

지성과 감성, 위트가 바탕이 된
- 김남순의 수필세계

윤재천 (한국수필학회 회장, 전 중앙대 교수)

수필은 인간학으로 그 몫을 다하는 데에 부족함이 없는 장르인데도, 다른 장르에 비해 문학으로서의 정당한 평가를 받지 못했다.

그것을 직시한 학자와 평론가, 수필가들은 수필의 문학성을 향상시키기 위해 노력하며 정체성을 다져나가는 데에 주력했다. 1930년대 김기림, 김광섭, 김진섭의 주장에 머물렀던 그 개념을 체계적으로 정립시키며 수필론을 정착시켜 나가는 데에 온 힘을 기울였으며, 전통수필의 경계선을 극복해 나가는 데에 전력을 다하였다.

그러나 하루아침에 모든 것이 변할 수는 없다. 다만 수필의 개념을 바로 인식하며 시대를 따라가는 글을 쓰기 위해 노력하고, 현대인의 의식세계에 참여하는 글쓰기가 필요한 시기임을 알아야 한다.

무엇보다 수필을 쓸 때는 문학으로서의 감흥이 반감되지 않도록 주의를 기울여야 하며, 글의 주제를 심층적, 함축적으로 형상화하기 위해 수사적 장치에 관심 또한 기울여야 한다. 50년 전에는 피천득의 '청자연적' 식 수필이 새로운 시도였지만, 지금은 사고의 틀과 상상의 기폭을 증강시켜 여러 형태의 실험수필을 선보이는가 하면, 확대된 시각으로 수필을 쓰는 시대가 되었다. 유려하고 장구한 표현이 문학성이 있는 작품처럼 여겨질 때도 있지만, 지금은 상상력과 함축미가 우선되는 시대이다. 수필에서의 함축미는 내면적 여운만 드러낼 뿐 전체를 내보이지 않는 것이 특징이다.

글의 내용에 있어서도 피상적인 것에 머물지 않고 글쓴이의 내면세계를 진솔하게 드러내는 글, 철학성이 가미된 글, 행간에 주제가 숨어있는 글이 될 때 감동적인 글로 나타나게 된다.

요즘에는 수필인구가 기하급수적으로 늘어나고 있어, 수

필의 질적인 면과 미학적 가치에 대한 관심이 절대적으로 필요한 시기이다. 그와 같은 것을 가미시키려고 노력할 때 바람직한 글이 된다.

김남순의 수필세계를 따라가 보기로 한다.

문학 작품 속의 인물이나 풍광은 개인의 상상력 속에서 자유롭게 유영하며 채색되니까.

팩트는 척박한 동토의 불모지인 시베리아도 얼마든지 꿈을 키울 수 있기에 러시아여행에 대한 동경과 시베리아 횡단 열차 탑승은 내 버킷리스트 중 하나였다. 20여 년 전 해외여행이 지금처럼 대중화되지 않던 세월, 엄마와 같이 북유럽을 거쳐 모스크바와 상트페테르부르크를 여행할 수 있었던 것은 행운이다.

—「시베리아 횡단열차를 타고」 중에서

화자는 '시베리아 횡단열차를 타보지 않고는 인생을 논하지 말라'는 메시지를 소개한다. 그만큼 그곳을 여행하는 것은 의미가 많고 매력이 있다는 의미이다.

일상에서 빠져나가 낯선 세계로 떠나게 되면 세상을 바

라보는 관점과 생각의 폭을 확장할 수가 있다. 틀 안에 갇혀 있던 삶을 돌아보며 성찰의 시간과 맞닥뜨리는 계기가 되므로 힐링의 시간이 되어준다.

화자는 20여 년 전 어머니와 북유럽을 거쳐 모스크바와 상트페테르부르크를 여행했다. 당시는 해외여행이 자유롭지 않았지만 모녀가 그 코스를 여행했다는 것은 무형의 자산으로 남게 된다. 패키지여행인 탓에 열망했던 시베리아 횡단열차는 탈 수 없었으나, 그 이후 화자는 블라디보스토크 공항에 도착해 염원했던 꿈을 이루게 된다. 그곳은 러시아를 가로지르는 시베리아 횡단열차의 출발지이자 끝이 되는 곳으로서, 입국 절차도 복잡하지 않고 탑승시간도 길지 않아, '코로나19'가 끝나게 되면 가볼만한 여행지다.

집을 떠나 여행을 하게 되면 삶을 사는 법을 배우게 되고 스스로를 들여다 볼 수 있는 계기가 된다. 화자도 북유럽과 모스크바, 상트페테르부르크를 여행하는 동안, 젊은 시절 읽은 도스토엡스키의 『죄와 벌』과 『카라마조프가의 형제들』, 파스테르나크의 『닥터 지바고』를 회상했음을 알게 한다.

이처럼 여행은 먼 옛날 시간 속에 묻힌 현상을 끄집어낼 때가 많아 닫혀있던 마음들이 열리게 된다. 그 과정을 통해 내면에서는 동화작용을 일으키게 되어 체험했던 것을 소재로 삼아 글을 쓰게 된다. 여행은 패키지여행보다 자유여행이 많은 것을 보게 될 때도 있지만, 중장년이 가까워지면 패키지여행을 선호하게 된다. 화자도 그러한 여행을 통해 시베리아 횡단열차를 탔음을 알 수 있다. 그 과정에서 화자는 톨스토이 소설 『안나 카레리나』의 여주인공을 떠올리게 되고, 그녀의 연인이던 브론스키까지 떠올리게 된다.

이것으로 볼 때 여행은 개인이 원해서 떠나는 것이지만, 그 결과물은 글을 통해 공유하게 됨을 깨닫게 한다.

며칠 전 친구로부터 온 전화는 도서관 문화센터 프로그램인 '성북동 골목산책' 같이 가잔다. 여러 가지 아이콘을 들먹이는데 그 중에 길상사도 있어 귀가 번쩍 뜨인다. 그러나 다른 일이 겹쳐 결국 못 가게 되어 엄청 아쉬웠다.

갔다 온 친구가 다시 전화를 해 와서는 쉽게 갈 수 있는 차편을 안내하며 혼자서라도 가보란다.

– 「성북동 길상사」 중에서

「성북동 길상사」는 법정 스님의 수행하신 흔적과 그 자취를 무채색으로 그려내는 작품이다. 화자는 대학을 막 졸업하고 고향에서 교편을 잡는 동안 어머니, 제자와 함께 불일암을 찾아가서 법정 스님을 뵙게 된다.

글을 쓰는 사람은 쓴 글을 통해 글쓴이의 성향을 드러낸다.

김남순은 젊은 시절, 전남에 있는 송광사를 지나 불일암으로 찾아간 것만 해도 그 이미지가 드러나고 있다. 불일암으로 가는 길목에는 달맞이꽃이 피어 있었고, 암자 마당 한 구석에는 작은 옹달샘, 마당 끝에는 후박나무까지 있었으니 그 자체만으로 얻은 것이 많다고 할 수 있다. 그리고 법정 스님에게 '즐겁게 살아야 한다'는 말씀까지 받았다고 하니 의미 있는 만남이다.

'만남'은 사람의 성향을 변화시키는 계기가 될 수 있다.

그런 만남이 있었기에 화자는 수십 년이 지났지만 길상사를 찾지 않을 수가 없다. 절박한 그 마음은 혼자서 전철을 바꿔 타며 길상사를 찾아가게 된다.

길상사는 '맑고 향기롭게 살아가기 운동'을 펼치며 사찰체험과 불도체험, 많은 프로그램들이 진행되는 곳으로서 현대인의 문화공간이 되고 있다.

길상사에 대한 일화는 여러 갈래로 알려져 있다.

백석白石의 연인이던 김영한이 법정 스님의 『무소유』를 읽은 후 대원각을 비롯한 전 재산을 기부했다고 전해진다. 법정이 처음에는 그 청을 사양했으나 10년 가까이 부탁한 탓에 받아들이게 된다. 법정은 길상사 창건 법회에서 김영한에게 길상화吉祥華라는 법명을 지어 주었으며, 그녀 또한 1999년 11월 세상을 떠나며, "나의 유해를 눈 오는 날 길상사 경내에 뿌려 달라"고 유언을 남기게 된다.

그로 인해 김영한은 묘지가 없다. 화장을 해서 길상사 경내의 길상헌 뒤쪽 작은 언덕에 백석의 시 「나와 나타샤와 흰 당나귀」라는 비석과 잠들어 있으며, 극락전에는 김영한의 영정이 모셔져 있을 뿐이다. 법정 역시 2010년 3월 11일, 무소유의 맑은 정신으로 열반에 들었다.

법정은 손수 창건한 성북동 길상사에서 돌아가신 스님이다. 그러나 다비식은 그가 기거했던 불일암에서 거행했으며, 법정 스스로 심은 앞마당 후박나무 밑에 수목장으로 잠들어 있다.

법정은 20대에 송광사를 통해 출가한 스님이다. 당시 송광사의 옛 이름이 길상사였다. 성북동에 있는 절 역시 길상사로서 숨은 뜻이 있으리라 믿어본다. 그러나 법정은 혼자 지내는 시간을 갖기 위해 주로 불일암에 기거했다. 그곳은 17년 간 수행했던 곳이므로 스님에게는 '영원'을 의미하는 곳이라고 할 수 있다.

이것으로 볼 때 화자가 성북동 길상사 방문을 염원했던 것은 당연하다. 뿐만 아니라 최근에도 불일암에 갔었다니, 법정이 떠난 침묵 속에서도 많은 깨달음이 있었으리라 생각된다.

담담하던 내 마음에 왜 또 성큼 눈물이 지나가는 걸까. 나와 엄마의 이별은 때로는 짧게 때로는 길게 현실감을 갖지 못한 채 엉거주춤 여기까지 왔다. 그래도 5주기란 세월은 금방 10주기가 될 것이란 무게감과 함께 내가 서 있는 자리를 새삼 돌아보게 한다.

모처럼 만난 가족 간의 풍성한 대화로 밤이 깊어서야 서울 가족은 숙소인 막내 동생 집으로 건너간다.

– 「어머니 5주기」 중에서

위의 글은 어머니의 5주기를 맞이해 여러 가지 감회를 술회하는 내용이다. 유일무이한 어머니는 누구에게나 가장 소중한 존재로서 생명의 근원이며 고향이다.

어머니는 삶을 살아가는 동안 자식 밖에 모르는 존재로서 그 힘이 형언할 수 없을 만큼 강대하다. 신은 모든 곳에 있을 수 없어 어머니를 만들었다는 유대 속담도 있듯, 자식에게 어머니는 신과 같은 존재이다.

김남순도 그것을 모르지 않고 있어 어머니의 5주기를 맞이해 형제자매와 함께 진주로 달려간다. 장남인 남동생 집에 사 남매와 조카들까지 함께한 자리라서 귀한 만남으로 나타나고 있다.

「어머니 5주기」는 요즘 시대에 따뜻한 모습을 보여주는 작품이다. 형제자매 간에 남다른 이해와 사랑이 없으면 쉽지 않은 현상이다. 그런 의미에서, 부모님의 기일을 기억하며 제사를 지내는 것도 효도의 한 방법이고, 형제간의 만남을 튼실하게 키워 가는 계기가 되어준다. 가정에 따라 다른 경우도 있지만, 김남순의 형제들은 여러 모로 형제애가 많은 집안임을 알 수 있다.

「어머니 5주기」는 많은 것을 생각하게 하는 작품이다.

항상 긍정적이고 낙천적인 엄마는 어려운 환경 속에서도 생활의 찌꺼기 같은 한탄을 하신 적이 없다. 유추하면, 30대 초반의 나이에 어린 4남매를 거느린 가장으로서 여유 없는 가계를 꾸려갔을 게 분명한 데도 말이다.

유년기부터 엄마가 읽는 책의 이야기를 듣고 자란 나. 『문예춘추』 같은 일본 문학잡지를 항상 보고 계신 엄마가 떠오른다. 한 번은, 일본 여류작가가 한국인의 실상을 다큐식으로 집필한 책에 감동을 받으셔서 팬레터를 보내시더니만, '저자로부터 받은 답장'을 보여주신 적도 있다.

– 「어머니께서 가르쳐 주신 동요」 중에서

김남순은 2018년 발간한 수필집에서도 모친에 대한 그리움이 잘 드러난다. 그 그리움은 여전히 타오르고 있어 두 번째 작품집에서도 그 애절함이 각별하다. 「어머니께서 가르쳐 주신 동요」를 통해서도 느끼게 한다.

위의 작품은 화자가 어릴 적 어머니와 함께 부르던 '고향'이라는 동요이다. 함께 부르던 그 동요가 수십 년 지났지만 김남순에게 강한 반응으로 나타나며 영향력이 적지 않음을 알게 한다.

동요는 어린이의 감정을 가식 없이 동화시킬 수 있는 것이 특징이다. 어머니가 자녀에게 들려주는 동요는 단순한 것 같지만, 간접적인 경험의 폭과 상상력의 세계를 넓혀줄 때가 많다. 박목월 시인도 동요는 지적인 효과보다 정서적인 면에 효과가 크다며 삶을 살아가는 동안 기초적인 바탕을 심어준다는 점에서 높이 평가한 바가 있다.

「어머니께서 가르쳐주신 동요」를 볼 때 화자는 어머니를 닮았다고 할 수 있다. 화자 김남순은 "4남매의 장녀였던 내가 초등학교 6학년 때 돌아가신 아버지에 대한 기억은 빈약하다"고 고백한다. 그럼에도 그 어머니는 '생활의 찌꺼기 같은 한탄을 자식에게 토한 적이 없다'는 것이다.

어머니의 깊은 마음을 헤아리며 자란 자녀가 김남순이다. 화자의 어머니는 해방 전에는 일본에서 공부를 했고, 해방 후에는 한국으로 돌아와서 교편생활을 하였다. 화자 아버지가 결혼 10년 만에 병으로 세상을 등지고 말았지만, 어머니는 자녀들을 잘 키워가며 바람직한 분위기를 만들어주었다.

모든 환경을 직시한 화자로서는 그 어머니를 그리워하지 않을 수가 없다. 생과 사의 연유로 서로 다른 곳에 있지만 그들 모녀간의 영혼은 일체를 이루고 있다.

「어머니께서 가르쳐 주신 동요」는 그 어떤 여건 속에서도 가장의 인내력과 희생, 생활철학이 자녀에게 큰 영향을 미치게 됨을 깨닫게 하는 작품이다.

문득 떠오른 유년의 기억.

동네사람들이 수돗물을 받기 위해, 새벽부터 골목길 따라 구불구불 줄을 길게 늘어서서 한참을 기다려 물을 받아갔던 일이다. 아무 부족함 없이 생수는 물론 원하면 샤워도 마음껏 할 수 있는 지금은 상상이 안 되지만, 앞으로 물 부족 시대가 닥칠 것이라는 지구촌 위기도 이미 예고되어 있다.

한참을 기다려 KF94라는 인증마크가 찍힌 마스크 2장을 주민증을 제시하고, 3,000원을 내고는 감지덕지 소중하게 받아 간직한 채 집으로 향한다.

– 「아름다운 신호」 중에서

글을 쓰는 사람이라면 1년 전부터 '코로나19'에 대해 황당해 하며 글의 주제로 삼은 경우가 많다. 김남순도 반복되는 '2주간 집콕, 2미터 사회적 거리'라는 정부의 지시와 시름하며, 인내의 한계를 드러낸다.

'코로나19'로 인해 너나없이 그 한계를 극복할 수 없을 것이라고 염려하는 사람이다. '100여 곳의 나라에서 우리나라 사람을 입국시키지 않겠다'는 뉴스가 있게 되자 화자는 후진국을 거쳐 중진국, 가까스로 선진국 대열에 끼어있는 지금, 한국이 혹시 국제적 왕따가 되는 것은 아닌가도 고민한다.

요일마다 주민들이 주민증을 들고 약국 앞에 줄을 지어 마스크를 구입하는 광경을 유년의 기억과 접목하며, 동네 사람들이 수돗물을 받기 위해 골목길에 길게 늘어서서 물을 받던 시절을 떠올리고 있다.

'코로나19'에 비하면 그 광경은 비교할 바가 되지 않지만, 문제는 "앞으로 물 부족 시대가 닥칠 것이라는 지구촌 위기도 이미 예고되어 있다"는 화자의 말도 간과할 수는 없다. 물 부족 상태가 일어나면 상상할 수 없을 만큼 어려움이 닥칠 것은 분명하기 때문이다.

우리는 있는 것의 소중함을 깨닫지 못할 때가 많다. 평화로운 시절을 앗아간 '코로나19'도 그와 다르지 않다. 황당한 현실 앞에서 몸 둘 바를 모르는 화자는 '지금 이 상황은 도대체 뭐지?'라며 14세기 유라시아 대륙을 강타한 '페스트'를 기억하고 있다. 카뮈의 소설, 『페스트』까지 기억하며 장기화 되고 있는 '코로나19'를 염려하고 있다.

하지만 극한 상황 속에서도 '아름다운 신호'가 존재한다.

직장을 나가는 동생이 퇴근할 때면 화자 집에 들러 정담을 나눈 후 돌아가는데 자매간의 정이 남다르게 나타나고 있다.

"언니야, 코로나 걸리면 안 돼! 당신은 코로나보다 자가격리에서 오는 우울증을 더 못 견뎌 할 거야"라는 말을 보더라도, 화자에 대한 동생의 염려가 드러나는 부분이다. 두 자매는 다시 10분 거리에 있는 아파트로 가서 동생이 승강기에 오른 뒤에야 하루를 마무리하는 그들이다. 화자는 그때 흔들어 대는 서로의 손을 '아름다운 신호'라고 표현하는 사람이다.

화자는 초등학교 때 읽은 동화까지 떠올리며 그 신호에 많은 의미를 두고 있다. 외로움의 농도를 짐작하게 하는 대목이다. 「아름다운 신호」는 '코로나19'로 인한 어려움 속에서도 자매간의 삶의 모습이 귀하게 나타나는 작품이다.

정신없이 쫓기듯 이루어진 지난겨울의 이사는 젖은 상자 속의 내용물조차 모르고 있던 터라, 볼멘소리를 하는 내게 그녀도 나름의 원칙론을 제시하며 깐깐하게 반응한다. 젖은 종이 상자 속에는 엄마가 생전에 몇 권이고 써내려 간 일기장 뭉치도 들어있다.

다행히 젖지는 않아서 한숨을 내쉬고 집안으로 옮겨왔다. 평수를 꽤 줄여 좁은 집으로 이사를 하는 통에 아직도 제대로 이삿짐 정리가 안 되고 있다.

– 「어머니 일기장」 중에서

'마음이 지척이면 천리도 지척'이란 말이 있다.

생生과 사死가 화자의 모녀를 갈라놓고 있지만, 「어머니의 일기장」을 보게 되면, 화자에게 있어 그 어머니와의 모든 것은 멀리 있지 않다.

위의 글은 일기장의 위력을 실감하게 하는 작품이다.

화자는 '코로나19'로 인한 상황 속에서 혼란에 쌓여 있었다. "아파트 AS센터에서 지하계절창고에 문제가 생겼다며 전화"가 온 것이다. 얼마 전 화자는 신축 아파트로 이사를 하는 과정에서 그곳에 이삿짐을 맡겨 뒀는데, 수재水災가 발생되어 짐들이 젖었음을 알 수 있다.

문제는 종이상자에 어머니가 생전에 쓴 일기장 뭉치가 들어 있어, 글의 주제로 나타나고 있다. "수재水災가 희재喜災가 되었다"며 일기장을 정리한다. 그 과정에서 책을 좋아하던 어머니, 문학소녀였던 어머니를 만나는가 하면, 80세가 넘어 투병생활을 하면서도 "고군분투하는 딸을 가엾어" 한 어머니와 마주하고 있다.

화자는 "내가 죽을 때까지 곁에 두어야 할 이 노트들이 새삼 슬프다며 엄마가 보고 싶다"고 고백한다. 일기장의 위력을 실감하게 하는 작품이다. 어머니에 대한 화자의 정도 각별하지만, 자식을 염려하는 어머니의 강은 더욱 깊게 흘러가고 있다.

세상 어머니는 생사를 초월해 항상 그 자리에 묵묵하게 서 있는 나무 같은 존재이다. 그 나무는 태풍이 불어와 뿌리가 뽑혀지지 않는 한, 늘 그 자리를 지키는 것이 특징이다. 그처럼 '어머니'라는 이름은 그 어떤 것으로도 대체할 수 없는 존재이므로, 김남순에게 있어서도 어머니와의 관계는 영원하다. 그로 인해 화자는 더욱 삶 속에서 늘 어머니를 찾아 나서고 있다.

수필은 다른 문학에 비해 개성적이고 심경적이며 체험한 것을 문학적으로 형상화 하는 장르이다. 수필이 붓 가는 대로 쓰는 글, 무형식의 글, 자기 고백적인 글이라며 한계를 둘 것이 아니라, 그 뜻을 깊고 넓게 헤아리게 되면 시와 산문이 융합된 장르라 할 수 있어, 정서적으로는 시적인 분위기를 지닌다고 할 수 있다.

김남순의 글도 그와 다르지 않다. 작품이 대부분 어머니에 대한 주제를 우선으로 하고 있어, 글이 대부분 감성적으로 드러나고 있다.

김남순의 작품은 지성적인 면이 강하게 드러나는 것도 특징이다. 젊은 시절 인문학에 관심을 둔 사람이라, 글쓰기에 있어서도 독서의 열매가 좋은 거름으로 나타나고 있다. 지성과 감성, 위트가 접목된 채 표현하고 싶은 글의 주제를 재치 있게 보여주고 있다. 특히 여행을 하면서도 그

의미를 놓치지 않은 채 그 과정에서의 현상을 잘 살려내는가 하면, 삶을 지향하는 성향 또한 무채색과 멀지 않아 영혼이 맑게 드러나는 것도 특징으로 나타나고 있다.

앞으로도 맑으면서도 깊은 글, 정서를 순화시키는 글을 쓰길 바라며 두 번째 수필집 『어머니…, 그 후』 발간을 진심으로 축하한다.